GERTRUD LEUTENEGGER

Das Klavier auf dem Schillerstein

Gertrud Leutenegger

Das Klavier auf dem Schillerstein

Prosa

Nimbus. Kunst und Bücher

NUR EINEN TROPFEN VERGESSENHEIT

An einem heißen Sommermittag bin ich in Portoferraio der Marquise von O… begegnet. Mein linkes Auge war entzündet, von den wechselnden Winden auf Elba, vom Meerwasser oder vom gleißenden Licht, jedenfalls hatte ich einen Termin beim Augenarzt in der Piazza della Repubblica. Die hufeisenförmige Bucht von Portoferraio war verlassen zu dieser Stunde, ich warf einen letzten Blick auf die wie auf den Stufen eines Amphitheaters ansteigenden Häuserzeilen und trat unter dem Renaissancetor hindurch ins Stadtinnere, nicht ohne mich auf der im Torbogen eingemauerten Uhr meiner Pünktlichkeit vergewissert zu haben, wobei mich plötzlich ein Unbehagen beschlich, daß ich zu dieser noch stillen Mittagszeit bestellt worden war. Die Praxis befand sich in einem herrschaftlichen Haus aus einem früheren Jahrhundert, ich mußte drei Treppen hinaufsteigen, alle Etagen schienen im Schlaf zu liegen. Dann erblickte ich im Halbdunkel die geöffnete Tür, unter der mich der Arzt in seinem weißen Kittel erwartete. Er führte mich in das kleine Wartezimmer, in dem die Fensterläden wegen der Mittagshitze geschlossen waren, und verschwand sofort wieder. In schon vorgerücktem Alter, war er eine vollkommen aristokratische Erscheinung. Merkwürdig kontrastierte damit der zerknitterte, schmuddlige Arztkittel, dessen Kragen, das sah ich sogar in der schwachen Beleuchtung, gelblich verfärbt war. Unwillkürlich schloß ich daraus, daß der Augenarzt ohne Angehörige lebte, auch war von einer Praxisassistentin keine Spur zu entdecken.

Allein saß ich nun in dem verschatteten Wartezimmer, das in einem blassen Altrosa getüncht war. An einer Wand hingen schwarze Bilderrahmen mit Porträts von Blindgeborenen, wie darunter vermerkt war; dasjenige in der Mitte, etwas größer als die andern und von den seitlichen Bildern wie von Altarbildern flankiert, zeigte ein Frauengesicht mit üppigem hochgestecktem Haar, die Augen frontal und doch irritierend abwesend auf den Betrachter gerichtet, die eine Pupille leicht verschoben, als blickte sie mit dieser in eine verdämmernde Tiefe, was den Ausdruck des anderen Auges, das Festigkeit und Stolz ausstrahlte, keineswegs minderte. Mir war auf einmal, ich stünde der Marquise von O… gegenüber. Kurz nahm ich die Porträts an ihrer Seite wahr, einen Mann mit Pilzfrisur, der beide Augen dermaßen zusammenkniff, daß nur ein Streifen Weiß davon sichtbar blieb, und einen Knaben mit schwarzem Kraushaar, das eine Auge sanft geschlossen, das andere geöffnet, doch durch einen grauen Schleier getrübt. Unverzüglich kehrte ich zur Betrachtung der Marquise zurück und ihrer umwerfenden Gabe, wie im Traum ein Kind zu empfangen. Kein Laut drang zu mir in das Wartezimmer, weder hörte ich den Arzt hantieren noch mit jemandem sprechen. Vielleicht hatte er sich wieder schlafen gelegt. Der Augenarzt war mir eindringlich empfohlen worden, er sei Sizilianer, hatte man betont, führe seit undenklicher Zeit diese Praxis, was mich jetzt eher mit Zweifeln erfüllte.

Endlich ging die Tür auf. Der Arzt deutete eine höfliche Verbeugung an und ließ mich in sein Kabinett eintreten. Es war mit dunkelroten Tapeten ausgeschlagen, wie Votivtafeln hingen schmale querformatige Bilder von deformierten, herausgequollenen, verdrehten Augen gestaffelt übereinander. Auf einem Rolltischchen lagen unbedeckt altmodische Instrumente, nirgends ein Desinfektionsmittel, der winzige Sessel, auf den ich mich setzen mußte, war rostig. Nachdem ich meine Beschwerden geschildert hatte, starrte der Arzt lange, ohne Hilfe einer Lampe, in meine Augen. Dann umwickelte er einen Zahnstocher mit Watte, entfernte damit eine Wimper auf meinem Lidrand, sagte, ich muß Ihnen das Auge umdrehen, und griff ohne Umstände mit bloßen Fingern direkt in mein Auge hinein. Entsetzt über eine solche Behandlungsmethode ließ ich ihn kaum eine Sekunde gewähren, drückte impulsiv mit meiner Hand seinen Arm nieder, rief: Ich ertrage das nicht! Doch er, beschwörend: Sie dürfen sich nicht wehren! Schon wieder wühlte er mit seinen Fingern in meinem Auge, konvulsivisch stand ich auf: Verzeihen Sie, es ist mir unmöglich! Und er: Dann ist Ihnen nicht zu helfen. Wobei mir war, er blicke mich mit einer seltsamen Nachdenklichkeit an.

Sichtlich zerstreut schrieb der Arzt eigenhändig die Honorarrechnung, machte mir ein nobles Kompliment, ich bezahlte und trat, bis ins Innerste verstört, in die Gluthitze der Piazza della Repubblica hinaus. Auf der Heimfahrt bis ans nordwestliche Ende der Insel kreisten meine Gedanken wie Halt suchend erneut um die Marquise von O…, die ich so unerwartet im Porträt der Blindgeborenen zu erkennen geglaubt hatte, um diese uns Heutigen verwehrte schützende Selbstvergessenheit und jene bei Kleist so auffallend oft gewährte Gnade, in jedweder Situation, da sich etwas Unfaßbares ereignet, in Ohnmacht zu fallen. Er verteilte diese Gabe des rückhaltlosen Versinkens ins Unbewußte umso freigebiger an seine Figuren, je weniger sie ihm selbst vergönnt war. Schrieb er im September 1800 aus Würzburg noch spöttisch an seine Verlobte Wilhelmine von Zenge über die Zeremonie einer lateinischen Messe: «Ich bin überzeugt, daß alle diese Präparate nicht einen einzigen vernünftigen Gedanken erwecken», so berichtete er ihr im Mai 1801, doch zu diesem Zeitpunkt lag die Kant-Krise schon hinter ihm, voller Sehnsucht über einen mit Inbrunst betenden Menschen vor einem Altar in Dresden: «Ach, nur einen Tropfen Vergessenheit, und mit Wollust würde ich katholisch werden.»

Kleist aber blieb das schneidende Bewußtsein der Dissonanzen, die fieberhafte Wachheit bis in den Tod. Selbst dieser, von eigener Hand herbeigeführt, und die rätselhafte und erschütternde Heiterkeit, die ihn umgibt, täuscht darüber nicht hinweg, ist geprägt von hochgemuter Planung, äußerster Kontrolle.

So viel Ferne rührt uns von diesem Tod her an. Ich hatte Portoferraio hinter mir gelassen und näherte mich, bevor sich die Straße in die Höhe wand, unter dem Lärm der Zikaden der von Hitze flimmernden Talmulde von San Martino, wohin Napoleon verbannt wurde, als Kleist bereits tot war und ihn nicht mehr hassen konnte, «den Korsen, diesen Allerwelts-Konsul, verabscheuungswürdiger Mensch und Zertrümmerer des Vaterlandes». Gleichwohl trug sich Kleist in Dresden mit dem Gedanken, den Code Napoléon zu verlegen. Aber diesen Tagesbefehl von Bonaparte an seine Garde konnte er kaum kennen: «Der Grenadier Gobain verübte Selbstmord aus Liebe: er war im übrigen ein sehr guter Soldat. Es ist das zweite Ereignis dieser Art, das dem Corps seit einem Monat zustößt. Der Erste Konsul ordnet an, daß folgendes der Garde als Weisung zu gelten habe: daß ein Soldat den Schmerz und die Melancholie der Leidenschaft zu besiegen habe; daß es ebenso viel wahren Mut erfordere, mit Standhaftigkeit die Leiden der Seele zu ertragen, als wie unter dem Feuerhagel eines Geschützes fest auszuharren.» Welch unzeitgemäße Order; welche Hochachtung vor der Leidenschaft. Kleist hat andere, aber ähnlich fremde Sätze geschrieben. Warum wühlen sie mich derart auf, obwohl heute niemand mehr sich so ausdrücken würde? Vielleicht gerade deshalb; weil es eine verlorene Sprache ist. Eine alte Freiheit ergreift uns darin, mit der ganzen Strahlkraft des großen Abstands. Etwas Ungestümes und Unbedingtes schwingt in diesen Sätzen, eine Spannweite der Gefühle, wie wir sie so nicht mehr wagen. Aber daß zugleich Nüchternheit und Rigorosität in ihnen herrschen, macht sie uns unbegreiflich wie Musik. Deshalb kann man sie sich immer wiederholen, wie das Thema einer Fuge. Keinen anderen Satz habe ich mir in dunklen Stunden so oft vorgesagt wie diesen kleistischen: «Ihr Verstand, stark genug, in ihrer sonderbaren Lage nicht zu reißen, gab sich ganz unter der großen, heiligen und unerklärlichen Einrichtung der Welt gefangen.» Warum konnte ich mich an diesem Satz aufrichten? Weil er mir wie eine Formel war, sie wurde zu einer Grundmelodie meines Lebens.

Und doch heißt es schon am Ende der Erzählung, welche diesen Satz in sich birgt, «Die Marquise von O...», daß dem Grafen «um der gebrechlichen Einrichtung der Welt willen» verziehen war. Wie nur? So rasch wechselt die Einrichtung der Welt? Aber da ist die Marquise aus ihrem einsamen Landgut, wo sie sich ganz in ihr Inneres zurückzog, in ihrem paradiesischen Traum des Nichtwissens lebte, gerade dadurch zu einer niegekannten Selbständigkeit fand und sich unbeirrbar gegen die Ausfälle der Welt rüstete, zurückgekehrt in die gesellschaftliche, vordergründige, verletzliche Realität, in der sie überleben muß. Dieses Changierende, dieses Übergehen einer Wirklichkeit in die andere ist vielleicht das Beunruhigendste an Kleist, der in einem Brief an den Freund Rühle über den Tod sagte: «Es ist, als ob wir aus einem Zimmer in das andere gehen.»

So leicht fällt dies seinen Figuren nicht immer. Als die Marquise auf ihre Annonce hin endlich mit dem Grafen als Vater ihres Kindes konfrontiert wurde, blickte sie mit «tötender Wildheit» auf ihn. «Ihr Antlitz loderte», wie einem Teufel wich sie ihm aus, «griff in ein Gefäß mit Weihwasser, das an der hinteren Tür befestigt war, besprengte, in einem großen Wurf, Vater und Mutter und Bruder damit, und verschwand». Das ist in seinem Furor der verdrängten Erkenntnis nicht ohne Komik. Vielleicht hat sich Kleist über diesem Satz ausgeschüttet vor Lachen. Was wissen wir schon, wie viel Komödiantisches in ihm steckte? In den Briefen irrlichtert es nur so davon. Sind es diese komischen Züge, durch die uns Kleist manchmal unheimlich nahe kommt? Wilhelmine von Zenge schreibt er: «Ich glaube, daß Newton an dem Busen eines Mädchens nichts anderes sah, als seine krumme Linie»; seine Halbschwester Ulrike erinnert er daran, daß sie ihm in Paris einmal riet, kein Bier mehr zu trinken, um heiterer zu werden, «und sehr empfindlich war mir diese materialistische Erklärung meiner Trauer»; und ebenfalls an

Ulrike: «Du hast zwar nicht mehr viel Mitleiden mit mir, ich leide aber doch wirklich erstaunlich.» Vollends uns selbst, die eigene Tochter, den Sohn hören wir in dem an uns die Familie gerichteten Ausruf: «Wenn ihr mich in Ruhe ein paar Monate bei Euch arbeiten lassen wolltet, ohne mich mit Angst, was aus mir werden werde, rasend zu machen.» Und dann diese Knappheit bisweilen! Kleist, der nach Achim von Arnim eine gewisse Unbestimmtheit in der Rede, nahe dem Stottern, besaß, konnte in seinen Briefen die präzisesten Befehle erteilen, so an Ulrike: «Unterlasse alle Anwendungen, Folgerungen, und Kombinationen. Sie MÜSSEN falsch sein, weil Du mich nicht GANZ verstehen kannst.» Oder auch die bündigsten Fragen stellen wie an Adolphine von Werdeck: «Was sagen Sie zur Welt, d. h. zur Physiognomie des Augenblicks?»

Einen bohrenden Schmerz im Auge, als wühlten die Finger des Augenarztes in Portoferraio immer noch darin herum, fuhr ich langsamer als sonst auf der kurvenreichen Straße, die sich in enge Buchten hinabschlängelte und sofort wieder einen bewaldeten Hügel hochkletterte. Die Pinien kochten in der Wärme einen betäubenden Duft aus, Lorbeersträucher peitschten das Autodach, in der Ferne verschwamm Korsika im blauen Dunst, manchmal leuchtete zwischen schwarzen Zypressen eine purpurrote Bougainvillea wie ein Blutteppich. Der Augenarzt kam mir, in seiner ebenso zarten wie kruden Rücksichtslosigkeit, wie Kleist vor. Hatte mich denn das Porträt der Marquise von O… nicht auf ihn vorbereitet? Aber wir sind nie darauf gefaßt, wenn die Ordnung der Welt umgewälzt wird. Unvermittelt trifft es uns auch, wenn die Figuren bei Kleist sich gegenseitig mit Verhören martern und im nächsten Augenblick einander so behutsam zureden, als sprächen sie zu der eigenen Seele. Und obwohl mir die Marquise von O… die liebste Gestalt ist, weil sie sich mit solcher Sicherheit wissend unwissend über ihrem eigenen Abgrund bewegt, hat doch das Käthchen, das wie von einer Wundermaschine angetriebene und nie aus der Grazie fallende Käthchen von Heilbronn das erschreckendste Bild für solche den Wahnsinn streifende Ambivalenzen gefunden, wenn es zu seinem vermeintlichen Vater, dem Waffenschmied Theobald, sagt: «Du legst mir deine Worte kreuzweise, wie Messer, in die Brust!» Sie tun immer noch weh, als wären sie diesen Morgen geschliffen worden.

Seit jenem Morgen, als der Architekt ungerührt zu meiner Mutter sagte, sie wäre demnächst mitsamt ihrem Klavier hinunter in den Keller geritten, haftete unserem Eßzimmer etwas Bodenloses an. Beinahe mehr noch als der Schrecken, wie meine Mutter und ihr Klavier einen solchen Höllensturz überstanden hätten, beschäftigte uns die Vorstellung, welches Chaos durch unser abgesacktes Eßzimmer im Keller entstanden wäre. Alle die eingelagerten Äpfel, nach Sorte und Reifegrad auf den mit Zeitungspapier ausgeschlagenen Hurden versammelt, wie nach Herkunft und Kultur unterschiedene kleine Völkerscharen, ausnahmslos zu Brei zermanscht! Schmale und dickbauchige Sterilisiergläser zertrümmert, die eingemachten makellos weißen Birnen von den sich über alles ergießenden schwarzen Kirschen besudelt, ganz zu schweigen von den wie zu wissenschaftlichen Zwecken in Reih und Glied geordneten, mit genauen Einkochdaten beschrifteten Konfitüregläsern. Auf die straff gespannten Cellophanhäutchen dieser Konfitüregläser war übrigens der erste Gips heruntergefallen, durch den man auf die sich langsam biegende Kellerdecke aufmerksam geworden war. Die Balken, durch einen längst vergangenen Wasserschaden morsch, von Pilzen befallen und verfault, mußten herausgerissen werden. Schaudernd standen wir am Abgrund unseres einstigen Eßzimmers und schauten in die Tiefe des Kellers hinab.

Von widersprüchlichsten Gefühlen erfüllt, saßen wir im frisch renovierten Raum zum ersten Mal am Tisch. Meine Mutter hatte, was ihr nicht ungelegen kam, auch die Zimmerdecke neu streichen lassen, helle Tapeten für die Wände ausgewählt, Ziehvorhänge in passendem Brokatstoff, alles durchwegs in einem lichten Ton. Nach Kundgebungen der Freude beschlich uns jedoch, zuerst uneingestanden, dann aber immer deutlicher, eine merkwürdige Beklommenheit. Zunehmend schweigsam beendeten wir das Mahl. Vertrieben aus dem früher von Schattenfarben dominierten Eßzimmer, sahen wir uns wie Fremde auf einer überbelichteten Fotografie. Die Empfindung von etwas Unwiederbringlichem kristallisierte sich für mich in der vergeblichen Suche nach einem bestimmten Riß in der Zimmerdecke. Er hatte die Form eines Kamels besessen und trug mich während des Mittagsschlafs, den meine Mutter und ich jeweils zusammen auf dem Ruhebett im Eßzimmer hielten, in die entferntesten Traumlandschaften. Nun starrte ich in das ohne mein Kamel so undurchdringlich gewordene schreckliche Weiß hinauf, hinter dem mein Traumtier verschwunden war. Dafür trat das Ölbild, die Ruhe auf der Flucht darstellend, das einst in die vorherrschende Dämmerigkeit des Eßzimmers eingewoben erschien, jetzt mit beunruhigender Intensität aus der Wand hervor.

Unter diesem Ölbild, auf dem die Heilige Familie bei einer Pyramide vor dem grünlichen Abendhimmel rastete, hatte meine Schwester unseren neuen Plattenspieler aufgestellt. An einem stillen Nachmittag, selbst der aus einem Weidenkorb gefallene Apfel auf dem Ölbild, der in der ägyptischen Szenerie etwas verloren wirkte und beim Mittagsschlaf, im Windschatten des Rückens meiner Mutter, mir oft entgegengerollt war, rührte sich nicht, wollte ich meine erste Schallplatte ausprobieren. Ich bin außerstande zu sagen, weshalb ich gerade diese eine Platte gekauft hatte. Überzeugte mich der feuerrote Umschlag, der Titel der Komposition? Ich schloß die Türen und setzte vorsichtig, um unseren schon sehr kranken Vater nicht zu stören, die Nadel auf. Eine Melodie kam aus der Ferne auf mich zu, ein Ziehen, ein Locken, verführerisch. Oder war es Klage, Warnung? Jäh verstummte das hohe Fagott. Andere Instrumente antworteten ihm, in abruptem Wechsel, dazwischen trockene Pausen, die meinen jetzt hellwachen Zustand nur verschärften. Dann brachen die hämmernden Akkorde los. Mir war, als würden unter mir nicht nur die Bodenbalken von neuem auseinanderbersten, sondern als platzte die Erde auf. Die Eßzimmerwände schwankten. Die Musik warf blitzende Figuren über sie hin und steigerte sich zur Raserei. Als eine plötzliche

Beruhigung eintrat, gefolgt von umso schrilleren Dissonanzen, griff ich nach dem Plattenumschlag. In den knappen Angaben war vom russischen Frühling die Rede, von einem Mädchen, das entführt und in orgiastischen Tänzen eingekreist werde. Mein Vater stand in meinen Gedanken vor mir, mit seinen beängstigend transparenten Gesichtszügen. Beging ich nicht einen Frevel, nun solche Musik zu hören?

Mitten in den sich vorwärtspeitschenden Rhythmen, die zu triumphalen Konfrontationen anwuchsen, hörte ich einen dumpfen Aufprall, darauf den Angstruf meiner Mutter. Wie der Schrei eines aufgescheuchten Vogels irrte er durch das Haus. Mein Vater mußte gestürzt sein. Und obwohl in diesem Schrei meiner Mutter etwas ebenso Entsetztes wie Flehendes lag, blieb ich für die Dauer eines Augenblicks völlig unbeweglich. Nicht, daß diese Musik mich bannte oder lähmte, keineswegs, dafür war sie, trotz der frenetischen Bearbeitung der Instrumente, zu sachlich. Ich stand nur für die Ewigkeit eines Augenblicks bedingungslos in ihrem Aufruhr. Im Gang war kein einziger Schritt vernehmbar, auch die Musik unvermittelt verhalten, nur von fern wieder das hohe Fagott, warnend, betörend. Das auserwählte Mädchen sollte von den Ältesten dem Frühling geopfert werden, aber ich wußte auf einmal, vollkommen luzid, daß mein Vater geopfert wurde. Kurze Melodien schwirrten weg, erneut näherten sich die unnachgiebig hämmernden Akkorde. Hastig schaltete ich den Plattenspieler aus und eilte zu meinem Vater. Der Augenblick meines Zögerns kann nur Sekunden gedauert haben, doch sie waren so lang wie meine noch junge Lebenszeit, an deren Ende ich mich ungestüm gegen das Gesetz auflehnte, daß wir leben, weil unsere Toten sich für uns opfern. Und ich hatte gezögert! Wenn es auch nur ein Augenblick gewesen war, faßte er in sich alle Schuld des Geschehenlassens und meine ganze hoffnungslose Liebe. Viele Jahre wagte ich die Musik nicht mehr zu hören, die auf so panisch gebändigte Weise in mir das eigene Erwachen und zugleich die unannehmbarste Vergänglichkeit entfesselt hatte.

KINO

Als Kind sah ich mich oft mit Zwieback Hug konfrontiert. Auf meine leidenschaftlichen Temperamentsausbrüche folgten ebenso heftige Anfälle von Erbrechen, worauf mir, wie einem Seekranken bei Sturm, ein Fastenregime mit Zwieback Hug verordnet wurde. Meistens aber gab ich, wenn die Tür einen Spalt aufging und die Mutter, deren dunkelroter Morgenmantel mit der Dämmerung im Gang verfloß, einen Kontrollblick auf den Frühstückstisch warf, nur vor, hinter der Zwiebackschachtel sitzend, geduldig davon zu essen. In Wirklichkeit vertiefte ich mich in die medaillonförmige Abbildung auf der Schachtel. Die schwarze Silhouette eines galanten Herrn überreichte da einer ebenfalls im Schattenriß dargestellten noblen Dame eine Schachtel Zwieback Hug, auf der ein Herr einer Dame eine nun schon sehr winzige Zwiebackschachtel entgegenstreckte, und so immerfort. Aus der bodenlosen Traumwelt des Schlafs trat ich, den Zwieback verschmähend, ohne Unterbrechung ein in eine andere Art von Unendlichkeit. Dabei drehte ich die Schachtel im Kreis und besah auf deutsch, französisch, italienisch die Geschichte des Bäckermeisters Joseph Hug, der 1877 in Luzern diesen Zwieback erfunden hatte, indem er das unverkaufte Brot abends in Scheiben schnitt und über Nacht im warmen Ofen röstete. Es war mein Morgenkino. Früh begann so die Eingewöhnung in das Abenteuer, einmal in ein anderes Sprachgebiet zu ziehen und wie ein Fremder oder Gast im eigenen Land zu leben. Daß in dem kleinen Kino, das Schwyz zu jener Zeit noch besaß, alle französischen, italienischen, tschechischen oder jugoslawischen Filme in der Originalsprache vorgeführt wurden, war selbstverständlich. Am Rand flimmerten deutsche Untertitel über die Leinwand, aber viel einprägsamer waren Rauheit oder Musikalität der unvertrauten Laute. Sie waren wesentlich soziale Realität, die Fabel und das Geisterhafte des Films. Eine Einheitssprache war undenkbar. So wurde, verborgen in tieferen Schichten, ein ironischer Umgang mit der eigenen Wirklichkeit in mich gelegt. Stets würde in allem ein Rest von Disparatem, Unverzehrbarem, Unzugänglichem bleiben.

Später, in einer Großstadt im Ausland, entdeckte ich, daß «Il Gattopardo» in der Verfilmung von Luchino Visconti gezeigt wurde. Ein paar Jahre zuvor hatte ich sie in Luzern gesehen, der Stadt des Bäckermeisters Joseph Hug. Italienisch war mir auch jetzt noch nicht ganz geläufig, aber es gehörte so untrennbar zum Film wie die von der Sonne versengte Landschaft Siziliens zum Fürsten Salina. Schon sitze ich abermals im Kino.

Endlich beginnt die verführerische Filmmusik, das Rauschen der Olivenbäume, weiße Vorhänge wehen aus der Villa über Palermo, scheinbar zeitloser Frieden des schon heißen Vorsommers. Doch in das auf- und abwogende Gemurmel des Rosenkranzes dringen entsetzte Schreie, unter einem Zitronenbaum wird, bedeckt von Ameisen, der tote Soldat gefunden. Jetzt erhebt sich der Fürst mit einem Ruck, faltet das Seidentaschentuch zusammen, das er unter die Knie gebreitet hat, und erkundigt sich nach dem Grund der Konfusion. Er spricht Hochdeutsch! Zusammenzuckend stehe auch ich augenblicklich auf und verlasse das Kino, als wäre ich im falschen Film. Nein, ich würde es nicht ertragen, wenn Concetta in den nächsten Minuten anfinge, nicht Italienisch zu reden. Denn nicht der lebenshungrigen, neureichen Angelica, die im Verlauf der Geschichte alle betören wird, gilt meine Zuneigung, sondern der jungen Concetta, der scheuen Aristokratin, deren Herz für die Rebellen schlägt.

Verloren lief ich, nach dem fluchtartigen Verlassen des Kinos, durch die dunkelnden Straßen. Wo war ich nur? Mit Bestimmtheit nicht in der Schweiz.

DAS KLAVIER AUF DEM SCHILLERSTEIN

Rede zur Verleihung des Großen Schillerpreises an den Schriftsteller Giovanni Orelli

Der Kapitän des Raddampfers, der sich in der Morgenfrühe eines ersten April dem Schillerstein im Vierwaldstättersee näherte, traute seinen Augen nicht. Er rief die halbe Besatzung zusammen, ungläubig starrte auch sie auf den Felsobelisken im Wasser, auf dem, bei Föhnlicht besonders, die goldene Inschrift blitzt: «Dem Sänger Tells / F. Schiller / Die Urkantone». Oben, auf der abgeplatteten Spitze, stand bedrohlich schief, doch unverrückbar, ein Klavier! Die Nachricht über die ungehörige Krönung des Schillersteins verbreitete sich wie ein Lauffeuer um den See, tagelang rätselten wir, wie man denn überhaupt mitten in der Nacht das Klavier hatte hinaufhieven können. Giovanni Orelli, der heute mit dem Großen Schillerpreis geehrt wird, dürfte dieses subversive Verfahren, Dinge in einen ganz neuen Zusammenhang zu stellen, gefallen haben. Wer durch sein Werk streift, stößt auf die mutwilligsten Verbindungen, ebenso überraschend wie das Klavier auf dem Schillerstein. Denn wie kommt Horaz dazu, im Dialekt des Bedretto zu sprechen, warum flattert das Rotkehlchen der Emily Dickinson plötzlich durch die Leventina, was machen nur Sokrates und Aristoteles auf einem Genueser Fußballfeld oder Jeremias Gotthelf und Gottfried Keller im Wankdorf-Stadion in Bern?

Vor einunddreißig Jahren, als Giovanni Orelli und ich einer Einladung ins Reich der Mitte folgten, sahen wir uns zwei hartnäckigen Irrtümern ausgesetzt: Für die Kinder auf der Straße, die lachend mit dem Finger auf Giovannis in der Sonne glänzenden Schädel zeigten, war er ein geflüchteter tibetischer Mönch, während ich, mit meiner unverständlichen Jugend, in den Augen der chinesischen Schriftstellerkollegen nichts anderes sein konnte als Orellis Sekretärin. Nach so langen Jahren als Secretarius möchte ich jetzt meinen geheimen Status durchbrechen und laut das Lob des Giovanni Orelli verkünden. Es ist das Lob eines Träumers mit offenen Augen, denn Giovanni Orelli gehört zu den großen Schlaflosen der Literatur. Wenn Lugano im Dunkel versinkt, brennt in der Via Campo Marzio bis zur ersten Dämmerung ein einsames Licht. Mit der scharfen Sicht der Nachtvögel betrachtet hier einer die Aktualitäten des Tages, wendet die Infamien politischer Querelen ins Groteske, hört die Exekutionen in den Schlachthöfen, lauscht dem Quaken der Frösche aus den nächtlichen Tümpeln. In «Il sogno di Walacek» bezeichnet er den Wunsch nach Ruhe als ungesund.

Wie sollten wir auch ruhig schlafen, Erben eines mörderischen Jahrhunderts und Bürger einer wetterleuchtenden Gegenwart? Der Vers Vergils, den Freud seiner «Traumdeutung» als Motto vorangestellt hat, könnte auch über Orellis Nachtarbeit stehen: «Kann ich die höheren Mächte nicht beugen, bewege ich doch die Unterwelt.» Verblüffende Verschiebungen und Verdichtung, die Hauptgestalter des Traums, sind auch Orellis Werkmeister. Daher können sich die zeitlich entferntesten Gestalten an einem Wirtshaustisch versammeln, um über eine Zeichnung Paul Klees, hingeworfen auf eine Sportseite der «National-Zeitung», zu räsonieren. So in «Il sogno di Walacek». Génia Walacek, der als Stürmer Entscheidendes leistete, als die Schweiz an der Fußball-Weltmeisterschaft 1938 im Pariser Parc des Princes Großdeutschland mit 4 zu 2 niederrang, ist ein Inbild prekärer Heimatzugehörigkeit. Mit schweizerischen Vorfahren mütterlicher- wie väterlicherseits, wird er 1916, als Europa in Flammen steht, in Moskau geboren, kommt mit eineinhalb Jahren in einem Flüchtlingskonvoi in die Schweiz, sieht sich zehnjährig aber staatenlos und wird nur dank dem Fußball mit Not wieder eingebürgert. Doch er hat eine Waffe gegen die Mächtigen, es ist auch die Waffe des Giovanni Orelli: Das vorwärtsstürmende, irritierende Tänzeln mit dem Ball, ein derart schwindelerregendes Dribbling, daß der Gegner das Gleichgewicht verliert, geradezu überirdische Unberechenbarkeit muß der Ball besitzen, Walacek und Orelli, sie suchen beide nach einer himmlischen Konstellation wie in einer klaren Winternacht.

Kommt daher schon in Orellis erstem Buch «L'anno della valanga» der Schwur, nie eine pathetische Elegie über die Herkunft zu schreiben, auszuwandern in die Städte, um in der Nähe von Häfen oder Bahnhöfen zu leben? Um die Heimatlosen nicht allein zu lassen? Dennoch nähren sich die Dichter von einer untergegangenen Welt. Aber sie kombinieren in einer kommenden. Die Gedächtnistätigkeit ist bei Orelli keine Aufbewahrungsarbeit, sondern ein verwegenes Konstruieren und Komponieren. Tonpartikel aus der Vergangenheit, Motivfetzen aus der Gegenwart, alles wird einbezogen in ein transformatives Spiel. Älteste Gedichtformen werden erprobt, Präludien, Gavotten und Menuette angestimmt, und immer bricht da etwas Faunisches durch. Ja, Giovanni Orelli gehört zu den angriffslustigen, listigen Waldgeistern. Noch den vollkommensten Vers muß er ein wenig beschädigen und verunstalten, um die Götter zu reizen. Oder ist es sein tiefer Pessimismus, vielleicht auch die irrwitzige Versuchung, sich selbst zu widersprechen? Manchmal aber schweigt der Faun und zieht sich ins Dickicht zurück. Und aus großer Ferne vernehmen wir dann auf einmal Bruchstücke des verlorengegangenen Akkords. Beim Eintreten eines Moments der Furcht und ahnungsvollen Grauens ist dies, noch immer, das wirkungsmächtigste Bild: Wenn es leise schneit, nachts, in den Bergen. Und die lange schon tote Mutter sitzt wieder in der dunkelnden Küche, die Ellbogen auf den Tisch gestützt, die Hände an den Schläfen, und wir hören das ungetrübteste Adagio affettuoso.

Draußen aber tost der Ticino, führt Felsbrocken und entwurzelte Bäume mit sich, und oben in All'Acqua ist er noch so jung, er schäumt unter dem halsbrecherischen Steg. Doch was dringt da für ein dröhnender Lärm durch die Strudel herauf? Es sind die Kinder, die an der Fasnacht zu Ehren von San Sebastiano wie verrückt, mit der aufgestauten Wut eines zu langen Winters ihre Trommeln schlagen, auch wenn es nur leere verbeulte Ölfässer sind. Und die zuerst melancholisch schleppenden, dann jedoch davongaloppierenden Klänge einer Mundharmonika mischen sich darunter, denn die Maskierten sind in die Wirtschaft zu Eliseo gegangen und haben zu ihm auf seiner Eckbank gesagt: «Suonaci una polca!» Hie und da fällt er etwas aus dem Takt, der alte Eliseo, denn er muß bei diesem Tanz immer an seine Frau als Mädchen denken, aber ist es auch wirklich Eliseo? Mit diesem kahlen Schädel, diesem Blick sprühend von wildem Spott, in diesem abgerissenen Mantel eines verirrten Heimkehrers? Wie spät gehen uns die Augen auf. Giovanni, spiel uns eine Polka!

TREPPENHÄUSER

Daß ich mich einmal mit solcher Sehnsucht an die Treppenhäuser, die ich diesseits und jenseits des Monte Generoso bewohnt habe, erinnern sollte, hätte ich nicht gedacht. Nichts, das an ihnen auffällig war, außer ihre Nüchternheit und Leere. Kein einziger Gegenstand, vor dessen Häßlichkeit man die Augen verschließen mußte. Nur selbst an Augusttagen die Empfindung, man betrete ein souveränes Land, kühl, still, abgeschieden von allem. Von diesen Treppenhäusern ging eine tiefreinigende Wirkung aus. Über die unebenen Steinstufen hinaufzugehen, war wohltuender als das erfrischendste Getränk. Je nach Witterung entströmte den Mauern, herb oder in verhaltenen Wellen, der Geruch von Jahrhunderten. Aber nie mehr werde ich im langen Gang von Cabbio sitzen, vertieft in meine Arbeit, das Öffnen der Haustür hören und das laute «Permesso?» einer Stimme, die sich langsam nähert und immer wieder, als müsse sie ganze Innenhöfe durchqueren, ruft: «Permesso?» Der Ruf hallt von den Mauern wider, und wenn ich endlich aufstehe, ist mir, der Besucher wisse alles über mich.

Als ich schon Jahre auf der anderen Seite des Monte Generoso lebe, suche ich Esterina auf, meine alte Nachbarin, der ich jeden Tag wie eine Morgengabe meine kleine Tochter aufs Fenstersims setzen mußte und für die jedes Lampenlöschen am Abend ein Gutenachtgruß war. Freudig holt sie die Blechdose mit Süßigkeiten hervor und stellt sie auf das Wachstischtuch. Plötzlich aber schaut sie mich an, und in ihrem Blick steht alles, kein Kleinkind mehr auf dem Fenstersims und meine Küche dunkel beim Einnachten. Ein Schluchzen würgt in ihrem Hals, sie drückt die geblümte Schürze vor das Gesicht. Und dann sagt diese Frau, die kaum das Hochtal verläßt, leise und wie verstört von ihrem Gefühlsausbruch: «Scusi, non è mio stile.» In einer Fensterecke flammt, oben am Berghang, im letzten Sonnenlicht Scudellate, mein Lhasa, mein Potala. Esterina werde ich nie wiedersehen.

Wie eine Verlängerung meiner Person muß ich die kahlen Treppenhäuser des Südens erlebt haben. Doch ich habe nicht nur sie, sondern auch die dazugehörigen Gärten verloren. Hie und da stoße ich im unterirdischen Abstellraum der Stadtwohnung mit dem Fuß an meine in einer Ecke versammelten Gartenwerkzeuge: den Erdrechen, den Spaten, mit dem ich in Cabbio die Malven einsetzte, die später so in die Höhe schossen, daß ein Nachbar mit Seilen herbeieilte, um die im Gewitter schwankenden Stiele an der Hausmauer zu befestigen; die Hacke, den Laubrechen, um die vom Hagel zerfetzten Blätter des Feigenbaums einzusammeln. Ein kurzes Scheppern des Laubrechens genügt, und ich habe wieder das Rechengeräusch meiner Mutter im Ohr, das in der Herbstdämmerung, manchmal wie von weit her, aus dem Garten dringt. Von Stadtwohnung zu Stadtwohnung werde ich meine verrostenden Gartenwerkzeuge mitschleppen, während absurde Gebläse und infernalischen Lärm veranstaltende Maschinen in die Quartiere einfallen.

Nichts Äußeres mehr, weder Treppenhaus noch Garten, drückt meine Lebensart aus. Alles wird weniger. Aber die geliebten Menschen sind da, ein Seezipfel, der aufleuchtet, die Blutbuche vor den Fenstern, der Herzschlag der Katze unter dem schwarzen Fell. Wie fordert uns das Leben heraus, immer leichter zu werden. Im Innern nimmt das einst Sichtbare Zuflucht, erwacht zu fernem Klang, steht als ungreifbare Architektur wieder auf, wird Rhythmus, Glanz. Beinahe vergaß ich: Es gab doch etwas im Treppenhaus von Cabbio. Weit oben, im nur schwach erkennbaren Freskenhimmel, noch transparenter als die Wolken gemalt, schwebte ein winziges flirrendes Wesen, das ich nie jemandem zeigte. Mehr noch, ich verheimlichte es. Es schien, in seiner geisterhaften Grazie, auf der Flucht zu sein. Oder schon am Verschwinden? Es war ein Zitronenfalter.

NACHTSTÜCK

Es war kein Stromausfall wie sonst. Daß man in diesem Tal, im Schatten des Monte Generoso, bei heftigen Sommergewittern eine kurze Zeit ohne Elektrizität sein konnte, wußte ich längst. Jetzt war der Platzregen verrauscht, nur noch selten zerriß ein Blitz den nächtlichen Himmel, das Donnern verlor sich gegen die Lombardei zu. Im Garten zeichnete sich da und dort das fahle Weiß von Hagelkörnern ab. Weit öffnete ich die Fenster. Und noch während ich mich hinauslehnte, erloschen mit einem Mal, in einem Augenblick vollkommener Stille, alle Lichter des Tals. Daß es so wenige waren, ein paar auf der bewaldeten Hügelseite gegenüber, ein paar an den Abhängen des Monte Generoso, machte ihr Erlöschen seltsam anrührend. Die schlagartige Verfinsterung einer Stadtlandschaft hat etwas Theatralisches. Das Verschwinden dieser spärlichen Lichter hingegen, die eben noch die Dunkelheit der Wälder nur erhöht hatten, tauchte die Welt, sanft und lautlos, in eine verloren geglaubte Zeit zurück.

So muß eine Nacht in der Romantik gewesen sein! Daß mich dieser Gedanke begeisterte, hing mit dem aufgeschlagenen Buch auf meinem Tisch beim Fenster zusammen. Ein mir besonders teures Diebesgut, eine Dünndruck-Ausgabe mit dunkelblauem Lederrücken, einer frühen Liebe mit Raubtierinstinkt als das mir eigentlich Zugehörige entwendet und mit allem unwiederholbaren Zauber und aller Schuld jener Jahre getränkt: Novalis. Keine noch so tadellose Neuedition hätte mir die Aura dieses Buches ersetzt. Es überlebte alle Umzüge, ich hatte auch die Dreistigkeit, den Besitzernamen auszuradieren, unterlassen und nur einfach auf die zweite Seite meinen Namen hinzugesetzt. So schaute mir jene Liebe beim Lesen über die Schulter, und ich ließ sie, als späte Abbitte, an meinen Erregungen teilnehmen.

Was für unwiderstehliche Verse, diese «Hymnen an die Nacht». Welch entschiedener Gang in die Unterwelt, «Abwärts wend ich mich», und «Zur Hochzeit ruft der Tod», und «Hinunter in der Erde Schoß», und wieder «Hinunter zu der süßen Braut». Wir, unablässig und zu allen Stunden von Lichtern bestrahlt, dachte ich oft beim Lesen, wir haben keinen Begriff mehr davon, wie die Nacht damals auf die Menschen gewirkt haben muß. Unser ausgeleuchtetes Dasein erschien mir fast als das Trennendste von jener Epoche. Unzureichend empfand ich auch mein Bewußtsein für das Prekäre der Existenz eines Novalis. Alles muß anders gewesen sein. Die Zeit war aufgewühlt vom Ungestüm der Französischen Revolution, von ihrem Freiheitsrausch und der anschließenden Schreckensherrschaft. Das Leben war kurz, bedroht von Krankheiten und Epidemien, nicht abreißend die düstere Prozession der Kinderbegräbnisse, von den zehn Geschwistern des Novalis hat nur eines die Mutter überlebt. Sophie von Kühn, die geliebte Braut, stirbt 1797, nach qualvollem Leiden, zwei Tage nach ihrem fünfzehnten Geburtstag. Novalis ist versteinert vor Schmerz. «Die Gestalten meines Innern zerbröckeln – ich lebe in Ruinen – und bald wird alles dem Erdboden gleich sein.» Sophie nachzufolgen oder sie im Geist immer vor Augen zu haben wird eins. Am liebsten vergegenwärtigt er sie in alltäglichen Situationen, «En profil neben mir auf dem Kanapee – im grünen Halstuch.» Diese Wunde wird nie mehr heilen.

Trotz den vielen Toden und dem Wissen um die eigene schwache Konstitution spricht Novalis vom «zärtlichen Sinnbild des menschlichen Körpers». Aber er muß gegen seine Anfälligkeit, die häufigen Stimmungswechsel kämpfen. Alle Energie seines Intellekts, alle Glaubenskraft bietet er dagegen auf. Nicht ohne Erschütterung verfolgt man, wie er noch wenige Monate vor seinem frühen Tod sich im Tagebuch zuredet: «Ich kann noch lange Blut auswerfen – aber wird das helfen, daß ich mich jedes Mal von neuem ängstige? Angst schadet.» Und wenig später: «Jeder trübe Gedanke ist ein irdischer, vorübergehender Gedanke der Angst. Jede trübe Stimmung ist Illusion.»

Und doch betreten wir mit Novalis das Morgenzimmer der Romantik. Welch flammende Zukunftsröte am Horizont! Alles ist Aufbruch, alles ist Spiel. Novalis schwebt nicht weniger vor als die Regeneration des Paradieses auf Erden. Er sprudelt über vor Ideen, er wagt zu denken ohne jede Einschränkung, mit berückender Unbefangenheit und einem entwaffnenden Glauben an das Sittliche im Menschen. Das höchste Ziel der Kunst ist die Menschwerdung. Ein enthusiastischer Zug ins Kosmopolitische beflügelt ihn. «Alles Nationale läßt sich universalisieren.» Das Fremde will er sich anverwandeln und das Eigene fremd machen. Mißverständnisse und Verhinderungen durch die Zensur bleiben nicht aus. 1792 beschreibt Friedrich Schlegel seinen neuen Freund, Friedrich von Hardenberg, der sich erst später das Pseudonym Novalis zulegen wird, in einem Brief: «Unbeschreiblich viel Feuer – er redet dreimal mehr und dreimal schneller als wir andre.» Und: «Nie sah ich so die Heiterkeit der Jugend.» In einem weiteren Brief: «Hardenberg ist rasch bis zur Wildheit, immer voll tätiger unruhiger Freude.» Nur neun Jahre darauf stirbt der Freund vor Schlegels Augen. Aber noch hat Novalis ungeheure Pläne, er strebt ein umfassendes System des wissenschaftlichen Geistes an, mit dem Zauberstab der Analogie will er alle Grenzen zwischen den verschiedenen Sphären aufheben. Auch den

Staat und das Reich der Poesie will er revolutionieren. 1799 schreibt er an Caroline Schlegel: «Ich habe Lust, mein ganzes Leben an einen Roman zu wenden – der allein eine ganze Bibliothek ausmachen, vielleicht Lehrjahre einer Nation enthalten soll.» Man kann sich eines beklemmenden Gefühls nicht erwehren, wenn man sich diese Bibliothek vorstellt. Ich vermute, es ist unser Glück, daß ihre Regale leer blieben. Ob Novalis seinen Lebensroman in der melodischen Gesprächigkeit seines unvollendeten «Heinrich von Ofterdingen» weitergeschrieben hätte? Dieser gewollt altertümliche, doch etwas künstliche Instrumentalton perlt merkwürdig an mir ab. Der Klang des Waldhorns ist uns fremder geworden. «Das Werk ist die Totenmaske der Konzeption», sagt Walter Benjamin in seinen dreizehn Thesen zur Technik des Schriftstellers. Novalis hat uns außer seinen Gedichten und wenig Prosa fast nur Konzeptionen hinterlassen. Doch was für Konzeptionen! In ihnen nun atmet hinreißende Lebendigkeit.

Ich stand immer noch am offenen Fenster und sah in die schwarze Nacht hinaus, die sich allmählich wie von innen her schwach erhellte. Alle Lichter des Tals blieben unverändert erloschen. Aber die Silhouette des Feigenbaums im Garten zeichnete sich deutlich ab, an den äußersten Zweigen hingen einzelne zerfetzte Blätter, das Wellblechdach eines Schuppens schimmerte. Ein paar verfallene Häuser wirkten am belebtesten. Tagsüber bildeten sie Gegenräume zu allem Lauten und

Geschäftigen. Jetzt setzte die dunkle Nacht sie in ihre Rechte ein. Die Toten bewohnten wieder die verlassenen Häuser und erfüllten sie mit dem Widerstand einer jenseitigen Welt. Die Hagelkörner waren geschmolzen, eine frische Kühle stieg vom Garten herauf. Eine Seite meines aufgeschlagenen Buches bewegte sich. Beim Lesen tagsüber war ich bei den Fragmenten von Novalis angelangt, und schon mit dem Satz: «Die Sprachlehre ist die Dynamik des Geisterreichs», war ein elektrisierender Funke auf mich übergesprungen. Das alles ging mich unmittelbar an. «Welche unerschöpfliche Menge von Materialien zu neuen individuellen Kombinationen liegt nicht umher», schreibt Novalis, und «Alles Vollendete spricht sich nicht allein – es spricht eine ganze mitverwandte Welt aus». In diesen Gedankensplittern, die eben für Novalis nur Konzeptionen waren, «Sämereien» nannte er sie auch, «Senker» oder «Spielmarken, die nur einen transitorischen Wert haben», ist er von einer Knappheit und Tiefenschärfe, die wie aus einem früheren Jahrhundert oder schon wie aus der Moderne kommt. Blitzartige Sätze. «Manche Tat schreit ewig.» In der Verbindung von Glut und Nüchternheit, in gewissen stillschweigenden apodiktischen Voraussetzungen erinnert er an Pascal, wie denn auch beiden der Begriff «Chiffre» viel bedeutet. Nur geht Novalis mit seinem «Dechiffrieren der Natur» in eine andere Richtung. Er träumt davon, «Naturgedanken hervorzubringen, Naturkompositionen zu entwerfen». Überhaupt die Natur! Obwohl Novalis sie durchaus auch als «Widersacherin» sieht, als «eine furchtbare Mühle des Todes, eine unauflösliche Wirbelkette, ein Reich der Gefräßigkeit», scheint bei ihm, der als kursächsischer Salinen-Assessor die Lage der Arbeiter in den Braunkohlenwerken mit einem ausführlichen Bericht anklagte, kurz vor der sich durchsetzenden Industrialisierung nochmals der große Versöhnungstraum auf. «Menschen, Tiere, Pflanzen, Steine und Gestirne müssen wie ein Geschlecht handeln und sprechen.» So zumindest sollte der Roman «Heinrich von Ofterdingen» enden.

In jener Nacht kehrte der Strom nicht mehr zurück. Die Dunkelheit konnte mir auch nicht lange genug dauern. Manchmal raschelte ein Tier im Garten, die Schwärze der Wälder war so tief, ein Glanz ging von ihnen aus. Etwas von jenem Hin- und Wiederwandern zwischen Sichtbarem und Unsichtbarem streifte mich, das so sehr das Lebensgefühl der Romantiker gewesen war, dieser Bürger beider Welten, somnambul bei hellstem Verstand. Spät ging ich schlafen. Und noch im Wachzustand beschäftigte mich das Paradox bei Novalis, daß nicht seine ausgearbeitete Prosa, deren forcierte Schlichtheit ein Kunstideal war, uns heute am meisten beunruhigt, sondern die stürmisch hingeworfenen, spekulativen Gedankenexperimente. Nimmt man jedoch das eine durch das andere hindurch wahr, klingt selbst in einem menuettartigen Gedichtanfang wie bei dem «Lied der Toten» die abgründige Komplexität der Fragmente mit:

«Lobt doch unsre stillen Feste,
Unsre Gärten, unsre Zimmer.»

Die Überlebenskraft eines Textes bestimmen nicht die Dichter. Wir sind nichts als ein Werkzeug. Was sagte doch Novalis über die Schrift? «Sie ist ein Akkord aus des Weltalls Symphonie.»

1.

Blick, vor dem Morgengrauen, ins Innere eines Hauses: Eingesperrt in ihrem Zimmer schlafen, angekleidet, mit offenem Mund, die Luft ist zum Ersticken, Laubschneiderinnen aus Savoyen. Bei unverschlossener Tür wären sie schon um zwei Uhr nachts hinausgelaufen, blind und schweigend durch die Schlucht gewatet, wie Plesiosaurier in den Weinbergen eingefallen und hätten, bevor es hell wurde, vielleicht sogar das Tragholz abgeschnitten, denn sie drängen darauf, nach Leistung bezahlt, zu ihren an der Wand aufgehängten, mit Branntwein betäubten Säuglingen zurückzukehren. Das herrschaftliche Gut, in dem die gefangenen Laubschneiderinnen schlafen, steht im Frühlicht am Genfersee. In seinen weitläufigen Zimmern stirbt ein zu Ende gehendes Jahrhundert, während ein neues ungewiß am Horizont dämmert. Eine Chronistin durchquert die Räume, die sich langsam verfinstern, und hält, mit einer ebenso zarten wie rabiaten Empirie, die Zeremonien einer zerfallenden Kultur fest. Ihr Name: Catherine Colomb.

2.

Noch ist, in DAS SPIEL DER ERINNERUNG, das Haus eine Zuflucht; sei es das Gut am See, das zum Schiff wird und im Abendwind die Anker lichtet, sei es das Haus auf dem letzten Vorberg des Jura, das sich wie die Arche auf dem Ararat erhebt. Wer das von gestickten Amoretten und schwarzen Tüllrosen überquellende Gutshaus verläßt, tritt in den Himmel, aber auch die von der Sonne erleuchteten Zimmer werden himmlische Wohnungen genannt. Man entfernt sich nicht mehr als tausend Schritte vom alten Wohnsitz; für einen Ausflug auf die nahe gelegene Dôle rüstet man sich wie eine Karawane für die Wüste, mit Stöcken, Schleiern, den Nacken mit Seidentüchern geschützt. Oben angekommen, breiten die Frauen zwischen grauen Felssteinen ihre Reifröcke um sich aus und holen die zerlaufene Eisbombe hervor; man betrachtet in der Himmelsbläue die Berge des französischen Ufers, auf die man nie gelangen wird, und sehnt sich nach den schattigen Salons. Die Weinberge, die Weinlesen scheinen ewig wie das Paradies. Zwar flackert hin und wieder die Unrast großer Reisen auf; verschiedene Personen stammen aus entlegenen Gebieten. Vom Baltikum, Rußland, Ägypten, Senegal, Japan ist die Rede, doch haben diese Orte kein Gewicht. Nur das Haus, in welcher Weltgegend es letztlich auch stehen mag, zieht alles an sich, als müsse die Erde nicht bereisbar, sondern vor allem bewohnbar bleiben. Auf der Gartenterrasse sind Gäste um ein endloses Taufmahl versammelt; die aufgehobene Karaffe haspelt, wie eine Spieldose, die Strophen von «Vaudois, un nouveau jour se lève» ab: doch für diese Gesellschaft? Im Hinterland schwenkt die Bahnwärterin eine rote Fahne, die Fahne des Aufstands, der sich allmählich auf Erden regt; wie ein Irrlicht kehrt dieses Rot im Badeanzug der Tochter des bankrotten Zigarrenfabrikanten wieder, ein groteskes Clownskostüm, in dem sie aufgebläht im Wasser dahintreibt, schwerfällig ihre weißen Kalbsfüße bewegend, bevor sie sich ertränkt.

3.
Wer aber sind die Bewohner des Hauses mit der Freitreppe, bestreut von bleichen Rosen, die in der Nacht von einem Mädchensarg herabgefallen sind? Sie sind aus dem Fernen Osten der Toten gekommen und bevölkern noch einmal, scharenweise, die Gänge, die Treppen, den Garten. Sie reden, gestikulieren wie Lebende, aber an den Sohlen tragen sie gelben Schlamm, totes Laub und Herbstgeruch. Hartnäckig trotzen sie dem Verfall, insistieren auf ihren Schwächen und Ticks. Um sich in diesem Totenlicht voneinander zu unterscheiden? Allgegenwärtig ist der Schweißgeruch Clotilde Laroches, die nicht aufhört, ihre Achseln zu lüften, und dabei auf ihrem gipürenbesetzten grünen Kleid einen nassen Fleck enthüllt; die Frau des Doktors hebt jedem ein untröstliches Gesicht entgegen, weil ihr ein Meerschweinchenmagen eingepflanzt worden ist; dauernd richtet eine Verwandte ihren sonderbar abfallenden Rücken auf;

einer Schwägerin sitzt die linke Brust deutlich höher als die rechte. Immer wieder erhebt sich Adolphe und singt in den unpassendsten Momenten das «Credo du Paysan», während ein Kind, in seiner engen schwarzen Samthose, jahrelang von der Gartenmauer fällt, in Vorahnungen, Worten, Träumen. Von neuem ertrinkt, fern in Deutschland, Hellmut im lauen Wind um drei Uhr in der Oder, zur selben Zeit, als der Veilchenstrauß auf der Kommode plötzlich mitten im Winter seinen Duft freigibt. Glückliche Kindheiten stehen in den blühenden Feldern auf, aber sie werden mit großen Urnen verglichen. DAS SPIEL DER ERINNERUNG wurde gerühmt wegen seiner Leichtigkeit und Frische, dabei ist es Catherine Colombs stärkster Tribut an den Tod: Der süße betäubende Geruch, den dieser Text ausströmt, ist der Geruch der Verwesung.

4.

DAS SPIEL DER ERINNERUNG überbordet von Jahreszahlen: als könnte damit die Arbeit des Todes aufgehalten werden. Von allem und jedem wird, mit irritierender Genauigkeit, das Datum vermerkt; doch es geschieht in derselben nutzlosen Hast, mit der die Schutenhüte im Geschmack von 1900 eilig ihrer Besitzerin, der afrikanischen Königin, in ihr Grab nachgeworfen werden. Der eisige Winter von 1871 wird erwähnt; die Hitze des Sommers 1911, in dem die Pferde ihre Hufe vom brennenden Asphalt rissen; die Revolution von 1845; Heiraten um 1840, 1850, 1910; Porträts und Strohsessel tragen Jahreszahlen; das Entstehungsjahr längst schmutzfarbener Gobelins wird genannt; selbst der Augenblick, da Clotilde Laroche ein einziges Mal in ihrem Leben die Sonne ihre dicken weißen Arme berühren läßt, ist datiert: 1896. Schließlich, als würde Catherine Colomb die hilflose Zeitfixierung erkennen, hält sie nur noch lapidar die Neuerungen des 19. Jahrhunderts fest: den Heuwender, die Photographie, das Telephon, den Telegraphen, die Eisenbahn. In TAGUNDNACHTGLEICHE finden sich keine Jahreszahlen, in ZEIT DER ENGEL kehren sie wieder, aber nicht mehr mit der anfänglichen Obsession.

5.

Jahreszahlen genügen nicht, um die Toten dem Vergessen zu entreißen, eine viel reichere Beute muß geborgen werden: die ganze Last der sie umgebenden Dinge. Die Sätze schwellen, bersten von Details, der Eindruck einer luxuriösen Verschwendung entsteht. Jeder Gegenstand erzeugt sofort ein Umfeld reizvoller, schwindelerregender Beziehungen. Dennoch spürt man rasch, daß nicht Benommenheit diese Dynamik inszeniert, sondern eine ungeheure geistige Energie. Ununterbrochen werden Bedeutungen aufgesprengt, auseinandergesplittert, zerstäubt. Um die Phänomene zu vergegenwärtigen, müssen gerade ihre Risse und Sprünge beleuchtet werden. Nur äußerste Konkretheit genügt. Wie durch ein Vergrößerungsglas sieht man den mit Auswurf besäten Fußboden einer Postkutsche, riecht die von Zigarren verstänkerte Luft in dem engen hölzernen Kasten. Kein ungestörtes Betrachten des orgelregisterförmigen Familienalbums, das aufrecht auf einem vergoldeten Sockel thront: Seine Besitzerin kratzt sich dabei die Braue, ein Schuppenregen fällt auf die Bilder, stetig, dem rieselnden Sand einer Sanduhr ähnlich. Kaum blitzt silbern die Seefläche auf, wird die Aufmerksamkeit auf die Abfälle am Ufer gelenkt, es gibt noch keine Müllabfuhr, was nicht zu Kompost sich zersetzt, wird verbrannt oder kurzweg in die Wellen gespült. Catherine Colomb ist nicht der Schönheit verfallen, daher ihre Unsentimentalität, ihr luzider Blick. Mit einer Art Furor sammelt sie die Bruchstücke einer Welt, die vom Untergang gezeichnet ist. Doch während wir im Detail darüber unterrichtet sind, wie die Rosen, die getrockneten, die gemalten und die gestickten, die Steine des Taufhauses langsam zum Klaffen bringen, erfahren wir nicht das Geringste über die Chronistin selbst. Kein dichterisches Ich, das entworfen oder überhöht würde. Catherine Colomb entzieht sich uns mit sublimer Konsequenz: eine Fremde.

6.

Die Welt Catherine Colombs wirkt zwar berückend autonom, doch ist sie nicht kompakt. An ihren Rändern scheint ein unruhiges Licht herein. Etwas existiert außerhalb dieser Sprache; Geschichten, Entscheidungen, Einwirkungen, die sie bei all ihrer Präzision nicht benennt; etwas, dessen transformierende Gewalt sie selbst erleidet. Das ist ihre Größe: daß ihre Sprache, trotz aller Intensität, nichts Unterwerfendes hat. Was aber ist es, das ihr wie eine gegenrhythmische Unterbrechung ins Wort fällt? Der Boden vibriert, dröhnt; die Luft ist von Gewieher erfüllt; von weither aus dem Universum galoppieren Pferde über die schwarze Erde. Ihre Mähnen zerfasern zu Wolken, gelbe Hagelwolken, die innerhalb von Sekunden die Weinberge vernichten; aus ihren Kruppen wachsen Flügel, ein Flügelroß erhebt sich bei der Autokollision hinter dem Rücken von Césars Braut und spießt den verstümmelten Körper über dem Abgrund auf. Wälder, bis zur Nordsee, werden zu Pferden, die sich durch die Nacht wälzen; auf einem Plateau über dem Tiefland, Szenerie von Césars armseliger Liebschaft, halten sie inne, strecken die langen Hälse auf die Felsen und betrachten die hell erleuchteten Karusselle. Das Wiehern, Schnauben, Stampfen der Pferde: Es ist die Zeit selbst, die durch die Landschaften und Häuser von Catherine Colomb jagt. Auf sie starrt sie gebannt, auf die von Zuckungen überlaufene Haut der Pferde, die moiriert wie bewegtes Wasser. Gegen die Zeit rüstet sich Catherine Colomb zum Kampf: durch eine ostinate Wiederkehr der Handlungen, die Simultanität von eben Vorgefallenem und längst Vergangenem, durch Dehnen und Raffen des Augenblicks. Wenn César, der Vertriebene, im See schwimmt, verfließen von einer Bewegung zur andern Monate; der Komposthaufen im nächtlichen Garten stammt aus einer voreiszeitlichen Epoche; eine hellrote

Mohnblume öffnet sich das ganze Jahr hindurch; der Sommer ist nur ein Streifen blauen Himmels zwischen halbgeschlossenen Fensterläden. Aber entrinnt man so dem tödlichen Zugriff der Zeit?

7.
Alle Texte Catherine Colombs sind ein einziger Strom. Rastlos arbeitet die Erinnerung, legt Schicht um Schicht des Gedächtnisses frei, als gälte es etwas zu finden gegen die Wunde des Todes, einen Widerstand gegen das Rasen der Zeit. Auch DAS SPIEL DER ERINNERUNG war ursprünglich ohne jede Kapiteleinteilung, man hat wohl Catherine Colomb vor dem Druck dazu überredet, und sie, die Stolze doch Scheue, wird sich gefügt haben. Überhaupt ist sie von einer fast panischen Zurückhaltung. Kein Selbstkult, nichts von Unsterblichkeitspathos, dieses Leben ist auf lautloses Verschwinden angelegt. So wie sie einmal ein sorgsam geschlossenes Fenster beschreibt, das in schwachem Licht glänzt, von dem sich nicht sagen läßt, ob es im Zimmer entsteht oder aus dem Weltall, von den Sternen, vom ganzen den Bergen aufliegenden Himmel strahlt, so bleiben uns die innersten Beweggründe ihres Schreibens unzugänglich. Über ihrem Grab, in dem von einer Mauer und hohen Zypressen umgebenen Friedhof von Jouxtens über Lausanne, ist eine schlichte Steinplatte in den Boden eingelassen: Marie Reymond née M. L. Catherine Colomb 1893–1965. Daneben dieselbe Steinplatte für ihren fünf Jahre vor ihr verstorbenen Mann,

Jean Reymond. TAGUNDNACHTGLEICHE hat Catherine Colomb einen Vermerk vorangesetzt, daß alle Namen nur fiktive Personen und Orte bezeichnen würden. Merkwürdige Vorsichtsmassnahme einer Autorin, die mit geradezu bizarrer Fülle ihre Visionen ausstattet, und doch vielleicht nicht ohne Grund: In TAGUNDNACHTGLEICHE treffen wir dasselbe Weingut am See an, doch der Schleier der Wehmut, der DAS SPIEL DER ERINNERUNG umhüllte, ist zerrissen. Der Schmerz, dort noch schwebend gefangen in der Atmosphäre, hier wird er dramatisch aufgebrochen. Eine unerbittliche Demaskierung der Figuren geht vor sich. Der Drang zur Rede wird dominant, die Personen schreien, kreischen, ersticken vor Wut. Was bewegt sie? Was treibt sie? Es sind extreme Handlungen, wenn auch vorerst nur geträumt. Die verschiedensten Todesarten werden füreinander ersonnen: César, der Enterbte, erschießt die Gutsbesitzerin in Gedanken mit dem Ordonnanzgewehr, spießt sie mit der Mistgabel auf, ertränkt sie bei einer Bootspartie und sieht schon ihr Korsett davonschwimmen. Die Gutsbesitzerin ihrerseits wünscht Césars Braut Scharlach, Typhus oder daß sie in den See falle; César selbst wird von ihr in der Vorstellung gekreuzigt und gehenkt; nichts geht über ihre Gier, Leichen zu küssen, wieder und wieder kehrt sie von den Türschwellen der Sterbezimmer zurück und drückt ihren Mund auf das erkaltende Fleisch. Nicht mehr Schwächen und Ticks kennzeichnen die Personen, aber die wenigen Attribute verweisen auf Abgründe: wenn die Gutsbesitzerin lacht, entblößt sie Pferdezähne; ihre kräftigen Hände, die sie seitlich niederhängen läßt, werden zu Häftlingshänden. Und wenn Ulysse sein Schrumpfärmchen mißt oder durch die Korridore irrt und mit ebendiesem Schrumpfärmchen ein Tintenfaß aus schwarzem Marmor an die Brust drückt, so wird nicht mehr Komik, sondern nur noch Verstörung sichtbar.

8.

Auch das Gefühl für die Landschaft ist in TAGUNDNACHTGLEICHE verändert. In DAS SPIEL DER ERINNERUNG blühte noch der See, der Himmel war unermeßlich weit, durchsichtig hob sich das Gutshaus vom reinen Blau des April ab. Jetzt verwandelt sich die Szenerie. Die Seefläche erglänzt in einem metallischen Licht; Land und Wasser lecken sich wie wilde Tiere; gespenstische Flammenstreifen ertrinken im nächtlichen See: Es sind Reisende, deren Zelluloidkragen Feuer fingen und die, um den Brand zu löschen, sich in die Wellen stürzen. Allgemein werden stickigere Verhältnisse geschildert. Wir sehen durch die vergitterten Fenster in die Zimmer der Dienstboten, in die sie sich abends mit einem Brot verziehen, um es neben das Psalmenbuch und den Metallwecker zu legen. Qualvoll stirbt eine Verwandte, indem sie einen Wurm nach dem andern erbricht. César beobachtet durch das Stallfenster, wie seine verrückt gewordene Schwester mit den Händen in der Erde wühlt. Hoffnungslos geht ein Lichtschimmer über dem See auf, während César übers

Wasser rudert und seiner frühverstorbenen Mutter ruft. Atemnot herrscht, die Welt erscheint wie eingeklemmt in einer Zange. Wer die Dinge so erfährt, für den ist die bürgerliche Kondition brüchig geworden. In TAGUNDNACHTGLEICHE ist Catherine Colomb, unmißverständlich und mit Leidenschaft, auf die Seite dessen getreten, der übertritt: César. Er, der Fuchs ohne Höhle mit den karottenroten Haaren; er, der Verjagte, der Nomade. Umherstreunend zwischen zwei Häusern, die ihm kurz befristet Aufenthalt gewähren, kümmert er sich nicht mehr um Gegenwart und Zukunft, vertauscht Zeit und Raum. Was aber sucht César, wenn er sich in den nassen Sand gräbt, die Ohren erfüllt vom Wellenrauschen? Land! Land! schreit es unablässig in ihm. Doch welches Land? Sein Ruf meint weniger den angestammten Besitz, als vielmehr ein immaterielles Land. Die Geschwister von einst, wo sind sie? Er sucht ihr Bild auf dem Grund der braunschwarzen Jauche, er befragt die Sterne am Tag, wie die im See versunkenen Kinder gleichzeitig da und unsichtbar. Aber die Erwachsenen haben jedes Gedächtnis an die Kindheit verloren, verschließen Augen und Ohren, um ihr nie wieder zu begegnen. Alt geworden, ohne Reife, versteinert, bewohnen sie wie Fossilien ihre Besitztümer.

9.

Gibt es nichts, das mit dem Verlust der Kindheit versöhnte? Nichts, das Dauer verspräche? Noch einmal beschwört Catherine Colomb in ZEIT DER ENGEL dieselbe

Kulisse herauf, kraftvoll, weit ausholend: den See, die Rebberge, das Gutshaus, nicht ohne ironischen Unterton nun Schloß genannt. Noch einmal stellt sie sich, mit wachsender Furchtlosigkeit, ihren Figuren. Derselbe Stoff, zäh und stupend variiert, als könnte er ihr nur so sein Verhängnis ausliefern. Eine leichte Konfusion der Namen wirbelt durch die ersten Seiten: Gontran, Godefroy, Gustave, Gaston, Gaëtan. Wer spricht mit wem? Ein Chor von Stimmen strukturiert die Textflut, manchmal kaum hörbare, dann wieder jäh ausbrechende. Rhapsodisch klingt in den zwei älteren Brüdern, die, je mehr sie versteckt hinter einem Wandschirm den jüngsten observieren, ihn desto weniger begreifen, das Motiv der Verblendung an, das später vehement entfaltet wird. Grausamkeiten, früher nur geträumt, werden jetzt in die Tat umgesetzt. Porzellanvasen fliegen bei erregten Gesprächen; die unerwünschte hochschwangere Erbin wird über eine eingeseifte Treppe gelockt; ihrem Sohn setzt man einen vermeintlich giftigen Pilz vor. Schreckliche Autounfälle ereignen sich, verwundete Hühner flüchten sich in die Maisfelder, während ein Knabe tot auf der Straße liegen bleibt, ein paar Hühnerfedern kleben ihm auf der blutbefleckten Brust. Die Geliebte Gontrans stirbt, nachdem sie den Wagen eigenhändig gegen eine Mauer gesteuert hat, mit einem Männerhut auf dem Kopf, Gontrans Hut, den er ihr übergestülpt hat, um sie zu tarnen. Gespenstisch, wie der Zug verstümmelter Kinder, taucht immer wieder ein Schiff auf, das nirgends landen kann; bald ist es mit den geliebten Toten, den Müttern, besetzt, bald mit zusammengepferchten Juden. Der See, dessen machtvolles Wellenrauschen ZEIT DER ENGEL eröffnet, hat die Frühlingsfarben, aber auch das Gleißen von einst verloren, nur noch Schwärze erfüllt ihn. Er wird ganz zum Fruchtwasser der Imagination. Oder Reflex, Spiegel des erloschenen Universums? Diese Welt ist aus den Fugen. Etwas arbeitet mit furchtbarer Beschleunigung in ihr: der Ruin.

10.

Das Haus, einst von fast unvordenklicher Geborgenheit erfüllt, bietet keinen Schutz mehr vor der anbrandenden Sintflut. Tiere mit langen Hälsen, ungeheuren Flügeln und traurigen Menschengesichtern treiben darin, halb eingesunkene Hirsche, Mammuts und Leviathane. Ein apokalyptischer Sturm verwüstet den Friedhof, wälzt auf dem Grab der Schloßbesitzer den Engel vom Sockel, entblößt den frisch hinabgelassenen Sarg. Von den Kirchtürmen flattern lose die Hähne. Die Weinberge sind von der Reblaus zerfressen, vom Hagel vernichtet, Quitten sind nur noch im Museum zu finden. Der erblindete Gontran schwankt im hellen Mittag, den Schloßpark sieht er vertrocknet zu Salz und Schwefel. Umgestürzte Jahreszeiten begleiten das Ende der Traditionen und eines Lebensstils. Nur Besitzgier und Herzenskälte sterben nicht aus, unbedenklicher denn je werden alle Mittel eingesetzt, von aufwendigen Reisen bis zu gefälschten Briefen, um Honoré, den rechtmäßigen Erben, auszustechen. Doch die Kraft der Intrigen reicht nicht mehr weit: Honoré entzieht sich, erforscht in seinem Boot mit dem gläsernen Boden die Meerestiefen und vermacht sein Vermögen armen Fischerjungen. Mitten in diesem Desaster leuchtet am Verfehlten auf, woran die Gutshäuser zugrunde gehen. Hier endlich, spät, wird es ausgedrückt: an einem Leben ohne Liebe. Wie ein Eklat mutet die Szene an, da die Mätresse Gontrans den Schloßbesitzer erwartet, ungeduldig, berauscht, verzückt. Seltenes Ereignis in einer Textwelt, in der Liebe und Erotik ganz in die Beziehung zu den Dingen und zur Natur eingegangen sind. Aber es ist ein kurzlebiger Ausbruch. Verrat, Verlassenheit, ein mörderisches Ende folgen. Das ist der heimliche Tod der Domänen: daß sie nicht der Liebe sich preisgeben. Nur in den Rufen der sterbenden Silvia nach ihrem Sohn Honoré blitzt, eine verirrte Klage, Liebe auf. Ähnlich verlangte Galeswinthe nach ihrem fernen Bruder, als ihrem Freund, wahren, einzigen ihresgleichen, Verbindung rein von jedem Amalgam. Aber der Bruder kehrt zurück, vertreibt sie zuerst im eigenen Haus und schließlich in ein dürftiges Zimmer in der Stadt. Galeswinthe ist eine der seltenen Figuren, die sich trotzdem nicht verhärten, und von ihrem Sterben heißt es, daß es wunderbaren Samen ausstreute. Aber auch, ausdrücklich: Galeswinthen sind nur wenige auf der Welt.

11.

Das herrschaftliche Leben ist zusammengeschrumpft auf den Rosa-Salon, in den sich die Überlebenden zurückziehen, um dem Lärm der Bagger zu entgehen, die unaufhaltsam den Bau der Autobahn ankündigen. Makabrer Augenblick, da Gontran, der seit dem für seine Geliebte tödlich verlaufenen Autounfall erblindet ist, an diesem Geräusch irre wird: Bis jetzt hielt er es für das Wellenrauschen seiner Kindheit. Tobsucht packt den alternden Schloßbesitzer, der wie der geblendete Simson die letzten Säulen seines Hauses stützt, sich unter ihm begrabend. Bereits reißen die Bagger die Parkmauern ein, die ersten Blutbuchen fallen. Aber nicht nur der Lärm der Maschinen, auch die Stille wird Gontran unerträglich. Vielleicht starren Augen ihn an, ohne daß er es merkt? In manischer Scham verdeckt er immer wieder das Gesicht mit den Händen, terrorisiert die Anwesenden: sprecht! sprecht! Doch die Schreie verhallen im Leeren, die Gespräche haben keinen Inhalt, keinen Adressaten mehr. An Hermine, seiner Frau, nagt der Krebs, sie hört ihn kaum noch, schon ganz nach innen konzentriert. Hartnäckig verschweigt sie die Übelkeiten, die bohrenden Schmerzen, die schlaflosen Nächte, den Mund ins Kopfkissen gedrückt. Am Tag, als sie ohnmächtig zusammenbricht, ist der Lärm der Bagger so laut, daß sich der blinde Gontran am Fenster nicht einmal nach ihr umkehrt. Den Rosa-Salon durchquerend, wird ihm erst bewußt, daß er auf einem Körper läuft. Erbost glaubt er sich einer neuen Schikane gegenüber: Die Leute legen sich nun sogar auf den Boden, man will seinen Tod! Er bückt sich, betastet die Gestürzte, da erkennt er am Fischbeinkorsett seine Frau. In solchen Bildern, oszillierend zwischen Lächerlichkeit und Verrücktheit, dringt Catherine Colomb wie nie vorher zu ihren Figuren vor und umfaßt sie mit einer letzten Geste, die man Mitleid nennen möchte.

12.

Das Geschlecht der eingesperrten Laubschneiderinnen hat sich als stärker erwiesen. Der erblindete Gontran endet nach dem Tod seiner Frau in den engen Räumen seiner früheren Köchin und Weißnäherin, zwischen Stecknadeln und Zentimetermaß. Seine einzige Tochter hat den maroden Verhältnissen den Rücken gekehrt. Doch sie bringt ein Kind zur Welt, dessen kleiner Rotschopf sich merkwürdig lebhaft vor den düsteren Ruinen einer untergegangenen Welt abhebt. Mit maliziöser Zärtlichkeit beschreibt Catherine Colomb die ersten Versuche seines Lachens: nicht mehr, als ein Vogel lacht, ein junges Pferd, eine Ente. Dieses Kind hat nichts als die bittere Reinheit der Tränen. Alles droht von vorne zu beginnen! Alle Sehnsüchte, Gewalttätigkeiten, Ernüchterungen, aller Zauber des Aufruhrs gegen die Vergänglichkeit, die ganze menschliche Komödie.

Verborgen in den Wäldern des Valle Intelvi, öffnet sich eine vergitterte Luke im Portal einer romanischen Kirche auf das Innere. Der erste Blick ist ein Schock. Weder durch die sanfte Hügellandschaft, selbst die Abhänge des in naher Ferne sichtbaren Monte Generoso sind hier, auf der italienischen Seite, grün und ohne Felsen, noch durch den eher geduckten Bau der Kirche, die Abgeschiedenheit des Orts, ist man darauf vorbereitet. Eine später angefügte, luftige und vollkommen ausgemalte Loggia empfängt einen zunächst, die Farbschichten blättern ab, und bevor man sich, am verrammelten Beinhaus in der Vorhalle vorbei, zum Eingangsportal wendet, verweilt das Auge unwillkürlich auf einer fast zerstörten engelhaften Gestalt, nur das Gesicht ist unversehrt, heiter auf warmem Ockergrund, das Haar geschmückt mit einem Blumenkranz, wie zu einer Hochzeit. Schon am Morgen kündigten die scharfen Schatten und eine noch unhörbare Bewegung der Luft den Nordwind an, der Himmel ist von einem beinahe beunruhigenden Blau. Dann blicke ich durch die vergitterte Luke frontal in das Kircheninnere, und ein noch viel tieferes, stratosphärisches Blau erschreckt mich. Die ganze Apsis ist in ein unfaßbares Blau getaucht, kaum nehme ich die reglos darin verharrenden Gestalten der Heilsgeschichte wahr, nur dieses intensive Blau, ein dunkel strahlender Sog, der sich zugleich entzieht, ebenso Beseligung wie Vernichtung, und die Empfindung von etwas wie für immer Verlorenem steigert sich zu unerträglichem Schmerz.

Ich gehe hinaus zum Friedhof, auf einer erhöhten Terrasse sind in einem Halbkreis die Kinder bestattet, im bloßen Kies. Selten bezeichnet eine zerfallene Einfassung die Grabstelle, da und dort ein schief eingesunkener Topf verbleichter Plastikblumen, oft nur noch eine Steintafel mit einer Nummer, und nichts als etwas aufgehäufter Schotter, als handle es sich um kleine Wüstengräber. Am Ende des Halbkreises zieht mich ein Fotomedaillon an, auf einer stehenden Grabplatte, ein Stechpalmenbäumchen wächst davor, ich muß einen Strauß künstlicher Hagebuttenzweige beiseite schieben, um die Inschrift zu lesen, der einzelne Buchstaben entfallen sind, Lanfranconi Gian Giuseppe che vide l'aurora e il tramonto, auch das Datum ist da, ein letzter Novembertag anfangs des vorigen Jahrhunderts, und im Fotomedaillon das Kind, das lebte von Sonnenaufgang bis Sonnenuntergang, auf ein weißes Kissen gebettet, eine Rose auf dem stillstehenden Herzen. Die Augenlider jedoch sind nicht geschlossen, sie sind einen Spalt geöffnet, als sähe es noch immer die Röte des einzigen Morgens und Abends seines Lebens und erhöbe ununterbrochen Anklage gegen die ihm auferlegte Stummheit. Ich steige die Terrasse wieder hinab, vorbei an den Gräbern der wenigen Geschlechter, von denen so viele bis jenseits des Atlantiks ausgewandert sind, um dort zu sterben, als Maurer, Steinhauer, Stukkateure, in der Frühe nach dem letzten Fasnachtsball gingen sie fort, mit ihrem verschnürten Bündel, den verbeulten Koffern, in der frostigen Luft rauchte ihr Atem, vermischt mit Schnapsdunst. Auch die Weltkriege haben ihre Toten, ihre Verschollenen geholt, noch in den abgelegensten Dörfern. Nichts aber gleicht der wilden Trostlosigkeit des Kindes, welches nur ein einziges Mal das Morgenrot und das Abendrot sah, eine weiße Rose auf der Brust.

Am Ausgang der Loggia wartet ein Mann. War ich denn nicht völlig allein? Kommt er aus dem Kircheninneren, das nur mir unzugänglich schien? Nach sekundenschnellem gegenseitigem Anstarren verfällt der Mann in eine zuckende, unzusammenhängende Gestik, als wolle er mich hypnotisieren, doch mit einem Mal, so wie der Pfau in einem Augenblick sein prunkvolles Rad aufstellt, fährt der Mann beide Arme aus, die mit Tüchern behangen sind, allerdings nicht in schillernden Farben, sondern in einem schmutzigen Weiß, blaßviolette Streifen eingewoben. Es handelt sich offensichtlich um Handtücher, ein grobes Leinen, ohne Aufhänger, in einem unbequemen Format, die Tücher flattern im Wind, aus dem Mund des Mannes aber kommt nichts als ein Gurgeln. Rasch entschlossen, da mich mehr noch als die unerwartete Erscheinung seine dringlichen, jetzt schier brüllenden Laute ängstigen, ziehe ich drei Handtücher von seinen Armen und gebe ihm Geld, das für ein Mittagessen reicht. Ratlos schaue ich ihm ins sonnenverbrannte Gesicht, seine Augen glühen dunkel, das schwarze Haar ist verfilzt, in seiner Sprachlosigkeit kehrt anklagend das tote Kind wieder, warum nur denke ich auf einmal, der Mann stamme aus der Levante, woher dieser unabweisbare Geruch von östlichem Mittelmeer? Jäh dreht er sich um und läuft dem Waldrand zu, seine Tücher schleift er nun wie müde Flügel nach, doch er selbst springt, ja, hüpft über die abfallenden Wiesen, hinein in den Vorfrühlingstag, dessen Bläue immer tiefer wird. Beginnt das entrückte Paradiesblau des Kircheninneren über der Welt auszurinnen? Zweitausend Jahre sind nie vorüber. Die Qual aller Stummen in sich angehäuft, eilt jetzt nicht mehr der Mann mit seinen inzwischen zusammengefalteten Tüchern, nein, eine junge Frau über die Hügel. Der Winter ist vergangen, der Regen ganz vorbei. Die Luft ist erfüllt vom Gezirpe der Zikaden, der Lorbeer schießt aus, der Ginster am Wegrand ist noch nicht verstaubt, über den Bergrändern vibriert der blankgefegte Himmel. Die junge Frau hat den düsteren Tumult der letzten Tage nicht mehr ausgehalten, sie mußte fort aus ihrer Stadt, fort, nur fort, hinauf ins Gebirge. Dabei war der Morgen so still gewesen, als der furchterregende Engel bei ihr eintrat und ihr das Ungeheuerliche verkündigte, und sie hat ja gesagt, ja, ich will.

Aber dann blieb sie mit dem Sturm in ihrem Inneren zurück. Kein Wort bringt sie über die Lippen, ihrem Verlobten gegenüber am wenigsten, wird er sie nicht verlassen, muß er das nicht gewiß tun? Ihre Kehle ist zugeschnürt, ihr Mund versiegelt. Befremdet blicken ihr die Nachbarn nach, wie sie allein in die Berge aufbricht, doch hat nicht der Engel sie in solche Einsamkeit gestoßen? Niemand wird ihr glauben, daß sie den Sohn des Höchsten in sich trägt, den lang ersehnten König auf Davids Thron, niemand! Triumphal, mit Getöse, wie die Posaunen von Jericho, würde der Retter ihres Volkes erscheinen, aber nicht als hilfloses Kind, aus ihr geboren. Sie hat ja gesagt, ja, doch es war ein tödlicher Kuß, unter dem sie zu vergehen glaubt. Lebt sie in einem Wahn? Dennoch fühlt sie bis zum Zerspringen die Fülle der Zeiten sich nahen, die Umkehrung aller Verhältnisse, und da ist auch dieses nie gekannte Pochen und Beben im Blut, diese süße Verstörung des Körpers, die Frauen oft vom ersten Tag ihrer Empfängnis an überfällt. Nichts mehr hält sie in der Stadt, fort, hinauf ins Gebirge! Fort zu ihrer Verwandten, zu Elisabeth, auch sie soll, hat der Engel gesagt, trotz ihres hohen Alters ein Kind erwarten, vielleicht hielte Elisabeth das Unbegreifliche aus? Seit Stunden ist die junge Frau unterwegs, vor ihren Schritten schnellen die Zikaden zur Seite, weder unter den Steineichen noch unter den Walnußbäumen hat sie sich ausgeruht, ihre Knöchel sind von Kakteen zerkratzt, Schweiß glänzt auf ihrer Stirn. Sie schaut zum

Hügel auf, der sie noch von ihrem Ziel trennt, eine Wand steht er vor dem blendenden Blau des Himmels.

In diesem Moment wälzt sich eine dunkle Welle über den mit kurzem Gras bewachsenen Grat, jetzt hört sie das vielstimmige Meckern, es ist eine gewaltige Herde schwarzer Ziegen, die ihr entgegenstürmt. Die junge Frau aber zögert nicht im mindesten, wie von einer ebenso machtvollen Bewegung erfaßt, geht sie mitten durch die Herde hindurch, die sich vor ihr teilt und hinter ihr wieder zusammenströmt, keines der Tiere hält an, kaum eines beschnuppert sie, die kräftigen Hörner zur Erde gesenkt, den Glanz des späten Nachmittags auf dem schwarzen Fell, drängen sie an ihr vorüber. Ein Geruch, herb und beißend, umgibt die junge Frau noch immer, während sie über die Hügelkuppe eilt. Endlich, nah vor ihr, sieht sie die Stadt, an den Hang geklebt, und da! Elisabeth! Auch Elisabeth hat ihre Verwandte entdeckt, sie stößt einen lauten Schrei aus und kommt auf sie zu. Elisabeth muß tatsächlich bereits im sechsten Monat sein, bei ihrem Anblick wird die junge Frau überwältigt von Wirklichkeit. Und durch die verzweifelte Stummheit der vergangenen Tage, aus dem Abgrund ihrer Ohnmacht, steigt plötzlich eine aufrührerische Freude, Hellsicht überflutet sie, als sähe sie die umgestürzten Ordnungen von Jahrtausenden, das Wunder der Sprache bricht aus ihr hervor, ein Jubel artikuliert die ersten Worte, an den Grenzen des Denkens, fast schon Gesang: MAGNIFICAT

NOVEMBERREISE

Niemand mehr hat sich in unser Abteil gesetzt, wir ziehen die Vorhänge etwas zu, obwohl es keine luftigen, mit Margeriten durchwirkten sind, sondern die steifen, weinroten Vorhänge eines österreichischen Zugs. Von einem verschossenen Weinrot sind auch die Polster, auf denen Dorli den aus Niederbipp mitgebrachten Proviant ausbreitet, oder sind es Birnen von der aufgetürmten Obstplatte im glasüberdachten Wintergarten des Hotels Erzherzog Johann? Denn im ersten mir von Gerhard Meier geschenkten Buch, es ist DER SCHNURGERADE KANAL, steht: «Zur Erinnerung an unsere Novemberreise nach Graz 1980», ein Brief des letzten Jahres aber beginnt: «Erst noch fuhren Dorli, Du und ich von Graz nach Hause.» So weiß ich selbst nicht mehr, reisen wir nach Graz oder kommen wir von Graz, vielleicht fahren wir im Kreis, und diese Reise hat nie aufgehört. Der genaue Verlauf unserer Gespräche entschwindet mir mit der Zeit, doch habe ich Gerhards Sprechweise, von überraschender Melodik und manchmal fast Heftigkeit, unvermindert im Ohr. Und plötzlich fällt der Satz, der wie eine Glasscherbe in mein

Bewußtsein schneidet und dort blinkt, gefährlich, bis auf den heutigen Tag: «Man muß hysterisch an der Freiheit interessiert sein.» Dieser Satz wird mit einer solchen Vehemenz in unser dämmeriges Zugsabteil geschleudert, er ist ein solches Auflodern nach allem skeptischen Erwägen von vorher, daß die Stille, die ihm folgt, erschreckend ist. Dorli macht nicht die geringste Bewegung mit dem Proviantpapier, und ich schaue sie unwillkürlich an, wie fragend, was dies bedeute für die Lebenspraxis. Sogar Gerhards unbändiges, entkräftendes Lachen bleibt aus. Nur der Anflug einer jähen Müdigkeit leuchtet auf in seinem Gesicht, in den Augenwinkeln nistet erneut der Schalk. Später zupfen wir nochmals an den weinroten Vorhängen und halten, da es in Niederbipp wohl Zeit dafür gewesen wäre, einen kleinen Mittagsschlaf, hier im Zug nun etwa zwischen Saalfelden und Schwarzach-St. Veit, oder umgekehrt. Inzwischen wird es Winter, Frühling, Sommer, und wieder Herbst, am Zugfenster erscheint das Kind mit dem schwarzen, fransenbehangenen Gesichtsvorhang, das sich aus der Kindergruppe der dörflichen Fasnacht gelöst hat, es trägt unter seinem weißen Kostüm eine Pferdeschelle, sie bimmelt wie ein Totenglöcklein. Unüberhörbar klatscht zwischen dem Rattern des Zugs das Waschwasser auf, das Anna A. jede Nacht hinters Haus schüttet, nachdem sie sich von oben bis unten gewaschen hat für ihren fürstlichen Freier, der nie eintreffen wird. Bevor wir Schladming erreichen, schaut «Choli», vom Pferdeschlächter abgeholt, auf der Höhe des Kirschbaums noch einmal zurück. Wir reden, wir dösen, manchmal nicken wir ein, auf dieser endlosen Reise von oder nach Graz, durch die Bäume unseres Gehirnwaldes geht ein vernehmliches Rauschen. Im Chrommantel der Thermoskanne taucht Isidor auf, «Man sitzt weit hinten», heißt es im SCHNURGERADEN KANAL, «als säße man im Speisesaal eines Klosters, und wäre eben kein gewöhnlicher Mönch.» Isidor in der Kaffeekanne wird mich nicht mehr loslassen. Immer sehe ich ihn im riesigen Refektorium eines jener russischen Klöster auf dem Athos sitzen, die nach der Oktoberrevolution zu Geisterstädten verfallen. Aber natürlich folgt auch hier sofort ein jedes Pathos brechender Einschub: «und wäre eben kein gewöhnlicher Mönch». Denn jetzt steht Isidor auf und versenkt sich in die immergleiche Ikone, die in wenigen Linien und Farbschichten sein ganzes Leben stapelt. Und da er kein gewöhnlicher Mönch ist, muß er über diese berauschende Stapelfähigkeit seiner Ikone, auch der Kaffeetasse und aller übrigen Gerätschaften berichten, er muß es formulieren, niederschreiben, laut in den Klostergängen vor sich hersagen, als würden sie erst dann existieren. Was für ein Verstoß gegen das Stillschweigen! Vielleicht ist es nur ein Tick, doch gewiß ein verborgener Wahnsinn. Nein, Isidor entrinne ich nicht. Er ist es, der nicht am Ende des SCHNURGERADEN KANALS, sondern genau in der Mitte des Buches die insgeheim für mich bestimmte Predigt hält. Bin ich nicht nervös geworden bei Isidors umständlichem Hantieren mit der Brille, seinem Festhalten jedes Schwankens der Spiräe vor dem Fenster, dem unentwegten Horchen auf das Schnappen des Ofens? Ich will, mit der Ungeduld der Jugend, gerade ein paar Sätze überspringen, da trifft mich Isidor mitten ins Herz. «Vom Monochromen», sagt er, «gibt es eine Bewegung hin zum Strukturierten, Verwaschenen, Gebleichten, zum Mit-geheimnisvollen-Schattierungen-Durchwirkten, was sich andererseits nicht ganz schmerzlos zu vollziehen scheint, aber von einer berückenden Eindrücklichkeit sein kann, wenn man gewillt ist, sich der sanften Dominanz dieser Erscheinung zu beugen, wobei ein Sich-Sträuben Ignoranz bedeutete.» In der Tat bin ich am Anfang dieser unserer Reise, von oder nach Graz, noch ganz im Monochromen begriffen, sträuben tue ich mich auch, und von Sich-Beugen kann nicht die Rede sein. So werde ich während Jahren diese Stelle aufschlagen, wenn mein Lebensgefühl wieder einmal zu sehr ins Monochrome zu taumeln droht. Bei Selzthal lichtet sich der Nebel, das Aufschlagen von Isidors Körper im Fluß ist von der Bogenbrücke aus nicht lauter zu hören als das Aufeinanderschlagen zweier Fingerknöchel. Gerhard schüttelt lächelnd den Kopf. «Nimm es nicht zu ernst», sagt er, «auch Isidor hat in den Wind geschrieben.» Sehr fern schon, auf der Höhe des Kirschbaums, wendet «Choli» sich noch einmal um, das Bimmeln der Pferdeschelle unter dem weißen Kostüm des Kindes verklingt, das hingeklatschte Waschwasser der Anna A. rinnt in die gleichmütig dahinströmende Mur. Dorli schneidet Birnenschnitze für uns, und wir fahren weiter, in dem von weinroten Vorhängen halbverdunkelten Zug, durch ein Land, einen November ohne Ende.

HINAUF! HINAUF

Viele Jahre bin ich die Königin des Postautos gewesen. Zumindest nannten mich die Chauffeure so, weil es Nachmittagsstunden gab, da ich allein darin saß. Mein Imperium umfaßte nur die Strecke von Chiasso bis Cabbio. Doch selbst für die Chauffeure mußten Welten dazwischen liegen, denn manchmal empfingen sie mich, wenn sie in Chiasso vor der Abfahrt noch rauchend beisammenstanden und ich nach einer kleinen Reise ins Tal zurückkehrte, am heißesten Sommertag mit dem Ausruf: Es hat geschneit in den Bergen!

Im Innern des Postautos war über der Frontscheibe ein Hinweis angebracht, nicht mit dem Chauffeur zu sprechen, angesichts der damals schmalen Straße und unübersichtlichen Kehren eine bedenkenswerte Warnung. Aber diese Aufforderung animierte förmlich zum Gegenteil. In der Frühe entwickelten sich oben im Tal gleich beim Einsteigen der spärlichen Passagiere die lautesten Palaver mit dem Chauffeur. Nächtliche Vorkommnisse, häusliche Sorgen, Radionachrichten wurden polyphon ausgetauscht. Der Chauffeur kommentierte und gestikulierte, steuerte nur mit einer Hand, und wenn dann das Postauto sich den Häusern vor der Brücke hoch über der Breggia näherte, kam sein Auftritt. Aus den offenen Fenstern hingen und blähten sich in der Morgenluft die Duvets, pünktlich zum Fahrplan von den Frauen gewendet und geschüttelt, und der Chauffeur, einhändig weitersteuernd, streckte den andern Arm weit aus dem Postauto hinaus und winkte emphatisch seinen versammelten Verehrerinnen. Mehr als einmal schloß ich kurz die Augen, weil ich uns schon in die Schlucht hinunterdonnern sah.

Je mehr Chiasso in Sicht kam, desto ruhiger wurde es im Postauto. Vielleicht drückte ein Arztbesuch, ein aufreibendes Tagesgeschäft, oder es war der Blick hinunter auf die Campagna Adorna, einst die Toscana des Mendrisiotto, als nur wenige Fabrikkamine zwischen den Maisfeldern aufragten, der Wind in den Tabakpflanzungen raschelte, gleißende Kumuluswolken über die Weinberge zogen, dort, wo jetzt eine Betonwüste ist und der undurchdringliche Dunst der Poebene. Bestieg man am Abend das Postauto, verlief die Schweigekurve in umgekehrter Richtung. Mit jeder Steigung stockten die Gespräche, der Chauffeur verstummte, Dorf um Dorf entleerte sich das Postauto, und wenn die Ebene verschwand und das Tal sich auftat mit seinen dunklen Wäldern, den terrassierten Hängen, dem noch hell leuchtenden Himmel, fiel kein Wort mehr. Die Fenster der Häuser standen offen, aber nur um der Kühle willen.

Stundenlang hätte ich so weiterfahren mögen. Hinauf! Hinauf. Rhythmisch im Einklang mit dem Schaukeln des Postautos ergriff mich ein lautloses tiefes Glücksgefühl. War es ein Entrinnen, Entfliehen, doch wovor? Ein bis zur Selbstvergessenheit gesteigertes Sichüberlassen der Fahrt? Nie sollte sie enden! Vielleicht wartete eine Heimkehr zu Einsamkeit, Krankheit oder Tod, aber in diesem Augenblick verband mich dieses Glücksgefühl mit den wenigen verbliebenen Passagieren. Über dem Bodensatz der Trauer, der nie aus einem abgelegenen Tal weicht, fuhren wir hinauf zu den letzten Dörfern, für kurze Zeit aufgehoben in gemeinsamer schweigender Fahrt, ein Schatten unter den ersten Sternen. Glücklich.

RUINEN

So weit haben wir es gebracht: Wir besuchen die Ruinen unserer Gletscher. Auf der Fahrt über den Furkapaß regt sich in uns das Verlangen, den Rhonegletscher wieder einmal von nah zu sehen. Eine bizarre Szenerie erwartet uns. Wo endet überhaupt die Gletscherzunge? Und nirgends das geringste blaugrüne Schimmern von Eis! Haben Nomaden hier ihre Zelte aufgeschlagen, oder wurde in Hast ein Lager für Obdachlose errichtet? Der unterste Teil des Gletschers ist zugedeckt mit gigantischen schmutzigweißen Planen, teilweise zerschlissen und von Wind und Schneeschmelze in wilde Faltenwürfe gelegt. Die so drapierten Eisformationen bilden eine groteske Ansammlung von Kuppen und Höckern, unwillkürlich denkt man an die Sofas, die in den Grand-Hotels am Saisonende mit Leintüchern geschützt werden. Anstatt des majestätischen Gletschers von einst: Welch erbärmlicher Anblick.

Wie verwundbar ist die Natur geworden. «Der Berge wachsend Eis», das Albrecht von Haller in seinem Preislied auf die Alpen 1729 besungen hatte, ist dramatisch am Schwinden. Reichte der Rhonegletscher 1910 bis hinab zur Talsohle, so ist hundert Jahre später unten nichts als Geröll und nur noch in der Höhe die Eisdecke sichtbar. In rasantem Tempo hat der Gletscher nicht nur an Länge verloren, auch sein Volumen sinkt. Durch das schnelle Abschmelzen des Eises wachsen die Gefahren im Alpenraum: Murgänge und Erdrutsche häufen sich. Seltsam hilflos mutet das Abdecken der Gletscher mit einem Kälte speichernden Vlies an, das die Folgen des veränderten Klimas aufzuhalten sucht. Plötzlich erwachen wir, wenn es schon spät ist. Nur noch in den Bildern eines Caspar Wolf können wir die machtvolle Präsenz des ewigen Eises erahnen. Geradezu Grauen löst seine Darstellung des Rhonegletschers von 1778 aus: Der angeschwollene Eisstrom wälzt sich über den Talboden dem Betrachter entgegen, die Gletscherzunge wie die riesige Pranke eines Eisbären. Nichts fürchtete man früher in den Alpen nach einem begangenen Frevel mehr als das Anwachsen der Gletscher, so wie uns jetzt ihr Schrumpfen erschreckt. Mit Beschwörungen versuchte man einst dem stark zunehmenden Fieschergletscher im Wallis Einhalt zu gebieten und gelobte für immer drei Dinge: jährlich eine Prozession in den Ernerwald zu machen, den verborgenen Tänzen abzuschwören, Frauen und Töchter keine roten Schürzen mehr tragen zu lassen. Und wohin flüchten nun die armen Seelen, vor allem diejenigen der Selbstmörder, welche die Tiefen des blauen Eises bevölkerten? Die Lesbarkeit der Gletscher ist postum.

Erst in den zurückgelassenen nackten Steinwüsten entziffern wir unseren selbstmörderischen Umgang mit der Natur.

Die Kehren der Furkastraße hinunterfahrend, im Blick das Urserental, am Horizont das Gotthardmassiv, wird man den Eindruck nicht los, einen Blick in eine Welt geworfen zu haben, deren Tür sich gerade schließt. Aber Paßstraßen sind voller Wiedergänger. Noch immer geistern sie durch die Gegend. Was bewog Arthur Rimbaud im November 1878, das Reiseziel Ägypten vor Augen, von den Ardennen her über die Vogesen die Schweiz erreichend, den verschneiten Gotthard überqueren zu wollen? In den Hafen von Genua, wo das Schiff nach Alexandria wartete, führten bequemere Wege. Rimbaud hat sich den gefahrvollen Gotthardweg, der im 19. Jahrhundert auch im Winter offen war, nun einmal in den Kopf gesetzt, als vorauszusehende Heldentat, wie er in einem Brief an die Familie das Unternehmen wohl eher ironisch bezeichnet. Dieser Bericht, ebenso sprunghaft wie streckenweise bemerkenswert detailliert, als registriere er die Bergwelt mit dem Auge eines Geografen, sticht unter den sonst knapp gehaltenen Nachrichten durch seine Ausführlichkeit hervor. Wie jung ist Rimbaud noch! Aber er ist schon alt. Alles, was seinen strahlenden Ruhm begründen wird, liegt hinter ihm. Er ist vierundzwanzig und hat die Poesie revolutioniert, ästhetische Strategien etabliert, mit kaltem Vorsatz die Selbstzerstörung betrieben. Auch die rauschhaften Exzesse mit Verlaine sind Vergangenheit, die Streitereien, die düsteren Freuden, die Besäufnisse. Nur die Wunde am Handgelenk, ein Revolverschuß des betrunkenen Verlaine, ist noch nicht vernarbt. Während Verlaine im Gefängnis sitzt, schreibt Rimbaud in den Augustnächten der Ardennen «Une saison en enfer»; er hämmert, skandiert, zertrümmert die Sätze; alle Wut, allen Hohn, seinen entsetzlichen Skeptizismus, den Schrei nach Reinheit steigert er zur Ekstase. «Une saison en enfer» wird die einzige Publikation bleiben, die Rimbaud 1873 selbst in Druck gibt. Auf dem Titelblatt fett gedruckt «Prix: un franc». Fast die gesamte Auflage vergilbt im Magazin des belgischen Verlegers.

Und jetzt steht dieser junge Mann in seinem erschöpften Körper, mit dem zerzausten Haar und den wässerig blauen Knabenaugen vor der Teufelsbrücke am Gotthard: «Un endroit d'une horreur remarquable», schreibt Rimbaud. In der Tiefe der Schöllenenschlucht ist noch die erste aus Stein erbaute Brücke erkennbar, über die Reisende oft nur auf allen Vieren hinübergekrochen waren, und die zehn Jahre danach in einer Sturmnacht einstürzen und von den Fluten der Reuss mitgerissen werden sollte. An diesem Novembertag 1878 existiert sie noch, wenn auch unpassierbar, so sehr ist sie beschädigt seit den erbitterten Kämpfen zwischen Russen und Franzosen, die sich 1799 gegenseitig von der Brücke in die Schlucht hinunterstießen. Erst auf der Teufelsbrücke erinnert sich Rimbaud an das Tunnelloch, die

Bauhütten, die Kantinen des Gotthartddurchstichs, auf die er unten in Göschenen kaum einen Blick geworfen hat. Ein epochales Werk ist dort im Gang, von jeder Seite her kämpfen sich weit über tausend Arbeiter unter den elendsten Bedingungen durch den Berg. Nur drei Jahre liegt der Aufstand zurück, bei dem vier Arbeiter erschossen und mehrere schwer verletzt worden waren. Was vernimmt Rimbaud von den vielen Toten im Tunnelinnern, von Sprengungen zerfetzt, von Wagen zerquetscht, von Felsbrocken erschlagen, die Eingeweide zerfressen von Würmern? Pferde und Maultiere sterben Tag für Tag. Rimbaud, der apodiktisch forderte: «Il faut être absolument moderne», scheint eigenartig unberührt von den umwälzenden Vorgängen. Gespenstisch mutet es an, wie er lediglich feststellt, man höre aus unsichtbarer Höhe ein Sägen und Hacken. Rimbaud drängt es weiter, hinauf über den Paß. Schneefahnen stieben ihm entgegen, er will nichts als in den weißen Massen versinken wie später im Wüstensand. Noch glüht und brüllt der Mond in den «Illuminations». Hier ist schon alles fern. Und Rimbaud jenseits des Grabes.

Wirklich sind jetzt nur noch der Schneesturm, die Nadeln der Eiskristalle im Gesicht, die rissigen Ohren, der aufgedunsene Hals. Rimbaud sackt bis zum Brustkorb, bis unter die Arme im Schnee ein. Auch die Telegraphenstangen längs der Paßstraße, an denen man sich mühsam orientiert, gehen im undurchdringlichen Weiß unter. Nur durch laute Zurufe während des Vorwärtskeuchens können sich die vom unablässig fallenden Schnee zugewehten Reisenden zusammenhalten. Denn im Winter unternimmt man den Aufstieg niemals allein. Endlich, ein Schemen in der bedrohlich weißen Unendlichkeit, taucht das Gotthard-Hospiz auf. Wie einen Hadeswächter beschreibt Rimbaud den jungen Mann, welcher die halberfrorene Gruppe in Empfang nimmt. In einem verdreckten Saal wird den Paßgängern kostenlos Brot, Käse, Suppe und Schnaps aufgetischt. In der Frühe, nach der Nacht auf einem Strohsack und unter einer dünnen Decke, gibt es nochmals Brot und Schnaps. Vor allem letzterem muß Rimbaud reichlich zugesprochen haben. Er erwähnt nur noch kurz den klaren Morgen, das nun glänzende Gebirge, und schon ist er unter atemberaubenden Sprüngen, «des dégringolades kilométriques», in Airolo angelangt. Kein Wort über die Totenkapelle unterhalb der Gotthardhöhe, wo die erstarrt am Paßweg aufgefundenen Reisenden eingelagert wurden, da man sie in der gefrorenen Erde nicht bestatten konnte. Der jähe meteorologische Umschwung verstärkt die transitorische Paßerfahrung, der Schnaps verleiht zusätzlich Flügel. In Giornico nimmt Rimbaud noch flüchtig ein paar Weinlauben wahr, schwarze Schweine auf der Straße, dann besteigt er in Lugano den Zug nach Como: «Ensuite, trajet connu.» Am 17. November trifft er in Genua ein und schreibt den langen Brief an die Familie, offensichtlich immer noch leicht verwirrt nach dem Abenteuer. Ist es ein Samstag, ist es Sonntag? Schließlich streicht er Samstag auf dem Briefpapier durch. Er kündigt seine Überfahrt nach Alexandria an. Am selben Abend des 17. November stirbt, irgendwo in Frankreich, sein Vater, der wie ein Schatten aus seiner frühen Kindheit verschwunden war.

Wir verlieren Rimbaud in den heißen Sandstürmen Ägyptens aus den Augen. Vor uns liegt Realp, das höchstgelegene ganzjährig besiedelte Dorf des Kantons Uri. Im Posthotel, 1910 von einem Gwerder aus Muotathal im alpinen Jugendstil erbaut, machen wir Rast, weniger vom Hunger getrieben als von einer bestimmten, unruhigen Sehnsucht. Möglichst bald steigen wir unauffällig das dunkle Treppenhaus hoch, getäfert mit Muotathaler Holz, und stoßen die Glastür zum früheren Speisesaal auf. Er ist noch da! In dunkel irisierenden Blautönen, als zöge ein Abendgewitter herauf, die tiefzerklüftete Gletscherzunge bis zum Talgrund reichend: der Rhonegletscher. So, wie wir ihn in der Natur nicht mehr sehen werden. Der mächtige Gletscher, der uns einst als Unterpfand der Ewigkeit ebenso aufwühlte wie beruhigte, er hat sich zurückgezogen in das Wandbild eines alten Hotels. Zwischen anderen Bergansichten, die den Speisesaal ausstatten wie ein Panorama, leuchtet er noch immer als überirdische Erscheinung, die sagt: Meine Zeit ist nicht eure Zeit. Gemalt hat den Rhonegletscher ein deutscher Maler, Hermann Freudenau, der nach den Kämpfen des Ersten Weltkriegs geschwächt aus Reims nach Erstfeld zurückkehrte, wo er schon vorher gelebt hatte. Als er diese

Saalbilder ausführte, dachte er wohl kaum, daß sie zum Pilgerort von etwas Verlorenem werden könnten. Wir treten vor das Posthotel, heben den Kopf und schauen zum Furkapaß hinauf. Es ist still. Die sterbenden Gletscher geben keinen Laut.

NACHWEISE

Die hier versammelten Texte sind an folgenden Orten erstmals erschienen: «Nur ein Tropfen Vergessenheit»; in: Neue Zürcher Zeitung, 19.11.2011; «Frühlingsopfer»; in: Neue Zürcher Zeitung, 13.8.2010 (Beilage Lucerne Festival); «Kino»; in: Neue Zürcher Zeitung, 7./8.6.2008, sowie in: Martin Meyer (Hg.): Was ist schweizerisch? Zürich 2009; «Das Klavier auf dem Schillerstein»; in: Neue Zürcher Zeitung, 9.6.2012; «Treppenhäuser»; in: Neue Zürcher Zeitung, 5./6.9.2009; «Nachtstück»; in: Neue Zürcher Zeitung, 23.11.2013; «Catherine Colomb», als Nachwort zu: Catherine Colomb: Zeit der Engel. Frankfurt/Main 1989 (Bibliothek Suhrkamp 1016); «Von Sonnenaufgang bis Sonnenuntergang»; in: Michael Wirth (Hg.): Bach-Anthologie 2009. Zürich 2010; «Novemberreise»; in: manuskripte (Graz), Nr. 177 (2007); «Hinauf! Hinauf»; in: Neue Zürcher Zeitung 8.8.2015; «Ruinen»; in: Neue Zürcher Zeitung, 30.4.2016.

INHALT

UMSCHLAGMOTIV

Ilse Weber: Das Fest hat nicht stattgefunden, 1972.
Bleistift auf Papier, 45 x 55 cm

Der Verlag dankt folgenden Institutionen für die großzügige Unterstützung bei der Drucklegung des vorliegenden Buches:

Stadt Zürich Kultur
Fachstelle Kultur des Kantons Zürich

Villa zum Abendstern, Bürglistraße 37
CH 8820 Wädenswil am Zürichsee, Schweiz

www.nimbusbooks.ch

NIMBUS. Kunst und Bücher wird vom Eidgenössischen Bundesamt für Kultur mit einem Strukturbeitrag für die Jahre 2016-2020 gefördert.

Druck: Druckhaus Nomos, Sinzheim
Printed in Germany
978-3-03850-035-3